SUPPLEMENT

AUX OEUVRES DU CHANOINE

LOYS PAPON.

Exemplaire offert

G.

Tiré à petit nombre & non mis en vente.

SUPPLEMENT

AUX OEUVRES DU CHANOINE

LOYS PAPON

POETE FORESIEN DU XVIᵉ SIECLE,

publié pour la première fois sur les manuscrits originaux

PAR LES SOINS ET AUX FRAIS

DE M. N. YEMENIZ,

Membre de la Société des Bibliophiles françois.

PRECEDE

D'UNE NOTICE SUR CETTE NOUVELLE PUBLICATION

PAR GUY DE LA GRYE.

LYON

IMPRIMERIE DE LOUIS PERRIN

M D CCC LX.

Dans la notice que nous avons confacrée à Loys Papon
(en tête de la publication des *OEuvres*, 1857), nous parlions
d'une page myftérieufe, en caractères grecs, qui fe trouve
placée en tête du manufcrit du *Difcours à Mlle Panfile*
(page dont le *fac-fimile* a été donné à la fin du volume des
OEuvres), & dont nous n'avions pu découvrir le fens. Plus
heureux que nous, M. Armand Fraiffe, avec fa perfpicacité
ordinaire, ne tarda pas à découvrir le mot de l'énigme.
Voici, comment s'exprimait le fpirituel écrivain dans le *Salut
Public* du 21 juin 1857 :

« Je crois que langue employée eft fimplement la langue
« françaife écrite en caractères grecs, la plupart de ces
« caractères confervant leurs équivalents français ordi-
« naires. Cette première donnée étant établie, je crois que
« la conftruction des phrafes eft la conftruction françaife.
« Chaque mot eft à fa place, feulement chaque mot doit fe

ij

« lire de droite à gauche. Voici ceux que je suis parvenu à
« lire & qui me semblent venir à l'appui de mon opinion.
« J'ai dit que les lettres grecques conservaient générale-
« ment leur valeur française. Ainsi *alpha*, a ; *delta*, d ; *epsilon*,
« e ; *phi*, f ; *gamma*, g ; *lambda*, l ; *mu*, m ; *nu*, n ; *pi*, p ; *ro*, r ;
« *sigma*, f ; *têta*, t ; *omicron*, o ; mais quelques-unes me pa-
« raissent avoir une double & peut-être une triple signi-
« fication ; le signe *bêta* doit être traduit, tantôt par *b*, tan-
« tôt par *v* ; le signe *cappa*, tantôt par *c*, tantôt par *ch* &
« peut-être aussi par *q* ; le signe *oméga*, presque toujours
« par *o*, & quelquefois peut-être par *ou* ; le signe ȣ, le plus
« compliqué de tous, doit s'entendre le plus souvent pour *u*,
« *ou*, & quelquefois pour *o* & *eu* ; enfin le signe β se pren-
« drait pour *i*. »

Cette clé trouvée, M. Fraisse put reconstruire plusieurs
mots français & même quelques fragments de phrase. Il
était réservé au très-érudit M. André Steyert, qu'aucun
problème ne décourage, de compléter les découvertes de
M. Armand Fraisse. Outre la totalité des mots qu'il a pu resti-
tuer, M. Steyert a constaté de plus que cette page qui, en
apparence, semblait être de la prose, est un sonnet. Nous
pouvons ajouter sans crainte qu'il éclipse celui du *Misan-
thrope*.

A PANFILE (1).

Celuy que votre nom en ce livre (compasse)
Est comme l'on peut (voër) superbe & glorieux.

(1) Nous avons eu soin de placer entre deux parenthèses les mots
douteux.

Vos beautés l'ont rendu (si) trop préfomptueux,
Car, penfant les louer, leur beau luftre il efface.

Pour chanter dignement le los de votre face,
Votre fein, votre bouche & vos deux riants yeux,
Un Mercure il faudroit qui entre tous les dieux
A dire ce qu'il veut tous les autres furpaffe.

(De moë l'efpoir) vient jufqu'à là prefumer
(Ninfe) que mes efmois il vous plera calmer
Et rechaufer mon cœur d'une oillade amoureufe

Lors fans prefomption dans ces vers vous vivrés
Et fans votre en bon point toujours augmenterés
Et deviendrés toujours plus belle & plus heureufe.

EPUIS la publication des œuvres iné-
dites de Loÿs Papon due à M. Yemeniz,
deux nouveaux opuſcules du vieux
poète foréſien ont été ſignalés à ſon
généreux éditeur qui s'empreſſe de
les publier, afin que ſa tâche ne ſoit pas
incomplète. Il les a confiés aux preſſes
de M. Louis Perrin; il a voulu que cette nouvelle publication égalât pour le luxe la première.

Voici l'hiſtorique & la deſcription que donne de l'un de
ces manuſcrits M. Paulin Paris, Conſervateur de la Biblio-

thèque impériale : « J'ai quelque confufion (écrit-il à
« M. Yemeniz, le 12 août 1859) à vous annoncer une petite
« découverte que j'aurais été heureux de faire plus tôt & qui
« vous eût été plus agréable. C'eft un nouveau poème de
« votre cher protégé, Loys Papon, pour lequel vous avez
« déjà fait de fi belles chofes. Il a pour titre : *La Conftance, à*
« *très-illuftre princeffe Loyfe, Reyne de France.* C'eft Louife de
« Lorraine, veuve de Henri III, morte feulement en janvier
« 1601. Le volume écrit de la même charmante main que
« vous connaiffez fi bien, accompagné de vignettes, de
« miniatures & d'emblèmes, eft de format in-32 & fut affu-
« rément compofé après la mort du Roi Henri III. Il a été
« acquis, il n'y a pas fort longtemps, par notre grande bi-
« bliothèque & paraiffait provenir de la bibliothèque de
« feu comte Garnier, fénateur. »

Ainfi que le remarque M. Paulin Paris, cette épître fut
adreffée à la Reine Louife après le crime de Jacques Clé-
ment. C'eft ce qui réfulte de nombreux paffages du poème.
Loys Papon lui fit offrir ce manufcrit « *coloré & écrit de fa*
main », pendant la retraite de la princeffe à Chenonçeaux,
& par l'entremife d'un de fes aumôniers nommé Gatier.
L'opufcule ne porte pas de date, mais il eft permis de croire
qu'il fut compofé en 1589, l'année de la mort du Roi, ou
l'année fuivante.

Dans la préface de ce poème, Papon s'excufe, non fans
raifon, *de la fauvage rudeffe de fes vers foreftiers.* Il était difficile
en effet de trouver un échantillon plus parfait du *pindarifme*
quinteffencié du feizième fiècle. Ce poème fourmille d'al-
lufions & d'exemples de conftance empruntés, foit à la my-
thologie, foit à l'hiftoire grecque & romaine. Et Loys Papon
n'héfite pas à placer la Reyne de France au-deffus de toutes
les héroïnes de l'antiquité célèbres par leur ftoïcifme.

Les peintures de ce petit manuscrit (1) ayant été, ainsi que le texte, très-gravement altérées par l'humidité, il a été impoffible de les reproduire par la gravure. C'eft à fon grand regret que M. Yemeniz s'eft vu obligé d'y renoncer. Des mots de plufieurs vers ayant entièrement difparu, le confciencieux éditeur n'a pu les remplacer que par des.....,

L'autre manufcrit, l'*Hymne à Marguerite*, qui appartient auffi à la Bibliothèque impériale, a été fignalé à M. Yemeniz par M. Louis Paris, qui lui écrivait quelque temps après la publication & la diftribution des OEuvres de Loys Papon :

« Il s'agit d'une *Hymne à très-illuftre princeffe Marguerite*
« *de Valois, Reine de France*. Le volume (2) contient, fans les
« titres & dédicaces, 28 pages de 22 vers l'une, faifant
« enfemble un peu plus de 600 vers. Mais quels vers! ou
« plutôt quelle calligraphie! Un petit bijou, un véritable
« prodige de richeffe, d'ornementation, de peintures &
« d'écriture. Les pages font encadrées dans des enroule-
« ments d'une délicateffe extrême, enrichis de fleurons,
« de médaillons en camaïeu, & au bas de chacune, de
« peintures à la gouache, repréfentant les Vertus, les Sai-
« fons, &c., &c. En tête du premier feuillet, une vignette
« repréfente une grotte creufée dans un rocher à pic, bai-
« gné par les eaux d'une fontaine où nagent deux cygnes.
« Au verfo du titre, une vignette repréfente la Royauté à
« genoux, offrant une couronne à Marguerite, montrant le
« ciel, avec ces mots : *Me celfiora trahunt*, devife affez men-

(1) Il eft relié en mauvais veau, & femble avoir eu plufieurs pof-
feffeurs,

(2) Petit in-8° confervé dans fa reliure primitive, couverte de foie
verte.

viij

« fongère dans la bouche de cette princeſſe. Vient enſuite,
« en tête du poème, un charmant portrait, le plus joli que je
« connaiſſe de la Reine de Navarre, que l'hiſtoire dit avoir
« été belle & dont nous n'avons que de ſi laides images, ſi
« vous en exceptez le deſſin de Foulon, publié, je crois, par
« M. Niel. J'allais oublier de vous dire que le tout eſt en
« lettres d'or, écriture minuſcule, de la main même de
« l'auteur. Mais l'effet ſurhumain eſt dans le dernier feuil-
« let. On y voit une main ſortant de la nue & poſant une
« couronne ſur un M des plus majuſcules dont tous les jam-
« bages ſont occupés par un compliment final & qu'on ne
« peut lire qu'à la loupe (1). »

Sur le frontiſpice eſt peint un rocher couvert de perles & de
pierres précieuſes, au ſommet duquel s'élèvent deux tiges
de lys & un palmier. Au pied du roc eſt une grotte : autour
de la voûte on lit le mot *Echo*. Au ſommet de la miniature
ſont inſcrits ces mots : *Speciofa deferti*, la Belle du déſert,
alluſion à Marguerite dans ſa ſolitude d'Uſſon. Au milieu du
titre du manuſcrit on voit, dans un écuſſon ovale, la Vertu
debout ſur un piédeſtal. A ſes côtés ſont agenouillées, les
mains attachées derrière le dos, l'Intrigue & la Fortune. Au
verſo du titre ſe trouve la miniature indiquée par M. Louis
Paris, la Royauté à genoux devant Marguerite, lui offrant
une couronne qu'elle refuſe en montrant le ciel & en pro-
nonçant ces paroles aſſez étranges dans ſa bouche : *Me celfiora trahunt.*

Au bas de chaque page ſont peints les emblèmes des trois

____

(1) M. Yemeniz a fait reproduire toutes ces richeſſes, à l'exception
des encadrements des pages dont la gravure aurait renvoyé à bien
loin la publication de ce ſupplément aux œuvres de L. Papon.

Vertus théologales ; des Sens ; des sept Arts libéraux ; des Saisons & enfin des quatre parties du monde.

Sur le verso de l'avant-dernier feuillet se trouve l'M majuscule auquel M. Paris fait allusion dans sa lettre. Les mots écrits en lettres minuscules dans ses jambages donnent l'explication des emblèmes du livre. En voici le texte, sauf quelques lacunes qu'il ne nous a pas été permis de combler :

« Madame, comme toutes les insignes vertus reluizent en vos perfections, la Foy par la créance catholique....., l'Espérance de la coronne céleste par les œuvres de vos dévotions, la Charité par l'exercice de l'amour au Souverain & de vos libéralités aux indigents, la Justice par la loy des commandements de Vtre Majesté, la Force par la constance de voftre magnanimité en vos afflictions, la Tempérance par le règlement de voftre louable vie, la Prudence par la juste perspective de voftre prévoyance. Comme, dis-je, voftre œil mire le ciel en admiration de ses excellences, au mespris des vanités terreftres, voftre oreilhe escoute la sainte parole pour cheminer en ses voyes, voftre sentiment odore & se parfume en ses suavitez, voftre goust succe les delices de son ambroisie, & vos mains s'exercent aux actions illuftres. Enfin, comme voftre divin esprit est très-docte aux sept arts libéraux, & n'ignore aucune royale science, Voftre Majesté fleurira aux quatre illuftres saisons....., & voftre renommée s'eftendra par toutes les quatre parties de la terre pour un admirable exemple de toutes les plus héroïques vertus & inftruction de touttes souveraines sciences & finalement un modelle de conftance ineffable à touttes les princeffes de ce monde, comme d'une fleur extrecte de la race de cent Roys les plus glorieux qui fut ònc. Et V. Mté la plus agitée de l'orage de la fortune pour paroiftre une eftoille de conftance & vraye précieuze Marguerite d'Elite plus rare que celles de l'Orient dont je figure en ce chiffre le hiérogliphe du nom de V. M^{té} avec son anagramme. Voſtre très-humble ſerviteur & ſubjet. L. Papon. »

Dans une bordure qui environne cet M majuſcule & qui eſt ſemée de marguerites, de penſées & de flammes, entourées de guirlandes formées par des légendes, on lit d'abord ces mots en petites capitales : STANCES A LA REINE, PAR L. P., puis les vers ſuivants enroulés autour des fleurs & des lettres formant les mots qui précèdent.

Reine, voſtre grâce diue,
Bien que l'Hymne que j'eſcris,
Ne ſoit digne de ce pris,
Ly dõrra Mageſté vive.

L'eſcler de voſtre beauté
Quoyqu'indigne je preſente,
De vigueur toutte receute
Ly dõrra vive Mageſté.

Quelqu'ignare qui l'eſcrive
S'il vient deſſoubs voſtre main
Auſſi toſt ſon heur divin
Ly dõrra Mageſté vive.

Si le jour d'obſcurité
S'offuſque d'une ténèbre,
Voſtre lumière célèbre
Ly dõrra vive Mageſté,

Si quelque malheur arrive,
Il plira foubs ce refpeȼt,
Car de bon heur voftre afpeȼt
Ly dõrra Magefté vive.

Vienne donc le plus molefté,
Et le moins affeuré d'adreffe;
Voftre douceur haute Princeffe
Ly dõrra vivé Magefté.

Quiconque aura l'âme reftive
L'efprit bas & lourde faffon
Voftre royale leçon
Ly dõrra Magefté vive.

Si quelque froide beauté
S'offre de gracé defpourveue
Reine, un feul clin de voftre yeue
Ly dõrra vive Magefté.

Bref, fi celuy qui fe prive
De voftre alme infignité
Se reduiȼt, voftre beauté
Ly dõrra Magefté vive.

Papon nous apprend, dans fa dédicace à la Reine, qu'il a *conceu & continué cet Hymne par l'avis de Mademoifelle de Serve, vraye perle d'honneur, comme l'une des filhes de la royale nourriture* de Marguerite ; ce qui veut dire tout fimplement fans doute qu'elle était une des filles d'honneur de la Reine. Il mentionne de plus qu'il offrit ce livre à la Reine de Navarre

par l'entremife de Mademoifelle d'Authezat, fœur de la pré-
cédente.

Notre chanoine a bien foin de dire, dans fa préface, que
ces vers *ont efté efcrits & peints de fa main*, & dans le cours
du poème il dit encore à la Reine :

> « Je vous offre ces vers, que de mes foibles mains,
> Tels qu'ils font, j'ai pour vous faits, efcrits & depeins. »

L'*Hymne* eft daté de *Goutelas en Foreftz*, le 1ᵉʳ d'aoft 1597.
A cette époque la Reine de Navarre fe trouvoit, depuis dix
ans, dans le château d'Uffon, où, de prifonnière qu'elle
avoit été d'abord, elle avoit fu fe rendre indépendante, en
fe délivrant, on fait par quel galant ftratagème, de fon geô-
lier Canillac. « Uffon, dit M. Caboche, qui vient de donner
une excellente notice fur Marguerite, Uffon étoit, felon
Brantôme, une bien forte place, une place imprenable, que
le bon & fin renard Louis XI avoit rendue telle pour y loger
fes prifonniers, les tenant plus en fûreté cent fois qu'à Lo-
ches ou au bois de Vincennes. C'étoit, felon fes lettres, un
bourg miférable, fans foire ni marché; un trifte afile, un her-
mitage très-folitaire; mais dans fon naufrage, ce lui étoit
cependant encore une *arche de falut*, où elle s'appartenoit,
s'y étant fortifiée avec un foin qui étoit bien propre à faire
rire de fa timidité. »

A l'époque où Loys Papon peignit fon délicieux portrait
de la Reine Marguerite, elle comptoit déjà quarante-quatre
printemps. Rien ne prouve que ce foit une étude d'après
nature, mais ce portrait n'en eft pas moins fort curieux &
fort bien exécuté. Comme dans celui que M. Niel a publié

parmi fes *Portraits des perfonnages français les plus illuftres du feizième fiècle*, la Reine de Navarre « eft tellement mafquée par fa toilette & engoncée dans fa fraife, qu'on a befoin de favcir tout fon charme pour être fûr que cette figure pouparde n'en manquait pas. » (M. Sainte-Beuve. *Cauferies du lundi*, t. VIII).

Nous ne doutons pas que ce nouveau portrait ne foit accueilli avec plaifir par les bibliophiles. Mais l'efquiffe de diverfes couleurs que nous ont léguée les habiles artiftes du feizième fiècle, & la charmante peinture de Loys Papon, vaudront-ils jamais ces lignes de Brantôme? « S'il y eut jamais une au monde parfaite en beauté, dit-il, c'eft la Reine de Navarre. Pour parler donc de la beauté de cette rare princeffe, je croy que toutes celles qui font, qui feront & jamais ont efté, près de la fienne font laides & ne font point beautez. » Il vante « fon beau vifage fi bien formé..., fes linéaments tant bien tirez, fes yeux fi tranfparents & agréables, qu'il ne s'y peut rien trouver à redire, &, qui plus eft, ce beau vifage eft fondé fur un beau corps de la plus belle, fuperbe & riche taille qui fe puiffe voir, accompagnée d'un port, & d'une fi grave majefté, qu'on la prendra toujours plus tôt pour une déeffe du ciel que pour une princeffe de la terre. »

Ronfard avoit rimé pour elle, avant fon mariage, une élégie dans laquelle il célèbre fon éclatante beauté. « Dans fa jeuneffe, dit M. Sainte-Beuve qui la peint auffi bien que Brantôme, quand elle ofoit être brune, au naturel, cela ne la déparoit point, car elle n'en avoit pas moins un teint d'un vif éclat, « *un beau vifage blanc qui reffembloit au ciel en fa plus grande & blanche férénité.* » « *Un beau front d'ivoire blanchiffant,* » difent les contemporains & les poètes, qui en ceci paroiffent n'avoir point menti. N'oubliez pas l'art de s'accommoder & de se mettre, les inventions nouvelles en ce genre qui ne venoient que d'elle; elle étoit Reine de la mode & de la façon (fashion). » Enfin Don Juan d'Autriche disoit d'elle : « *Aunque la hermosura desta Reyna sea mas divina que humana, es mas para perder y dañar los hombres que salvarlos.* »

Brantôme, dans son enthousiasme, s'est complu à énumérés les toilettes qui, suivant lui, rehaussaient le plus sa beauté. Tantôt il nous la *pourtraict en robe de toile d'argent ou colombin à la Boulonnoise, manches pendantes, coiffée richement d'un voile blanc, ny trop grand, ny trop petit;* tantôt il nous la montre *vestue quelquefois d'une robe de satin blanc, avec force clinquants, & un peu d'incarnadin meslé avec un voile de crespe tanné, ou gaze à la romaine jetté sur la teste comme négligemment;* ou bien encore *vestue d'une robe de velours incarnat d'Espagne fort chargée de clinquant & d'un bonnet de mesme velours, tant bien dressé de plumes & pierreries que rien plus......* *Elle parut si belle ainsi,* ajoute Brantôme, *que depuis le reporta souvent & s'y fit peindre, de sorte qu'entre toutes ces diverses peintures celle là emporte sur toutes autres, ainsi que l'on en peut voir encor la peinture; car il s'en trouve assez de belles......*

Marguerite était savante & lettrée comme devait l'être une fille des Valois. Ses mémoires écrits à Usson, de 1597 à 1598, sont un modèle de finesse, de grâce & de narration. Elle était éloquente, spirituelle, lorsqu'elle savait résister au mauvais goût de son époque; elle parlait latin, lisait les auteurs grecs & faisait des vers. Elle avait même des poètes à gage dont l'unique occupation était de lui rimer des stances à la manière de Ronsard & de Du Bartas. Elle était de leur école &, comme eux, elle se complaisait à philosopher & à versifier dans le plus pur phœbus. « Adieu, mon beau soleil! Adieu, mon bel ange! beau miracle de nature! » Telles étaient les expreffions favorites de fes correfpondances d'amour. Elle *pindarifoit*, elle *pétrarquifoit* à rendre jaloux les plus illuftres réformateurs de la pléiade. On peut juger fi elle dut bien accueillir l'Hymne de Loys Papon qui offre un fi parfait modèle du genre. Figures mythologiques, antithèfes, *concetti*, fubftantifs jumeaux, périphrafes, hyperboles, penfées alambiquées, néologifmes, rien n'y manque. Auffi nous ne doutons aucunement que Marguerite n'ait été émerveillée en parcourant ce chef-d'œuvre pindarique, orné de fi délicieufes miniatures, & qui d'ailleurs renferme l'apologie de fes vertus fur le ton enthoufiafte de Brantôme.

GUY DE LA GRYE, *foréfien*.

SPECIOSA DESERTI
ECHO

DIALOGVE

DE L'AVTHEVR ET DV LIVRE

LAV. Mon liure, ozeras tu de ſi Royale place,
   Ou cette Mageſte ſe vouluſt moderer,
   La ſeule perſpectiue à l'oeil conſiderer?
LIV. Ton zelle m'y faict iour, mon air m'y doñe grace,

LAV. Quel moyen d'y entrer? LIV. Fortune' ayde laudace.
LAV. Entré, à qui dois tu leans te referer,
   Pour treshumble à ſes pieds tes rimes ingerer?
LIV. Ieſpere en la faueur, du ſoleil de ſa face.

LAV. Ouy, mais ne ſces tu qu'en ces hauteines cours,
   Ainſi que lon admet, tout gerre de diſcours,
   De meſme auſſi ſoudain la lettre en eſt preſcrite?

LIV. Icy, comm' en recueil le choix ne ſe deçoit,
   Le louable labeur de ce qui ſy reçoit,
   Fruſtré ne ſe vit onc, du fruict de ſon merite.

HYMNE

A TRESILLVST. PRINCESSE

MARG. DE VALOIS

REINE DE FRANCE

A GOVTELAS

EN FOREST

P. MARSILHY

ME CELSIORA

TRAHVNT

A LA REINE

Madame

S'il eſt malaizé, que l'oeil le plus ſeuere, à l'aſpect d'vne beaute, ſen puiſſe diuertir, qu'il ne s'y arreſte, pour la mirer, & l'admirer. Que l'oreilhe, poúr auſtere quelle ſoit, oyant vne harmonie, ne s'y delecte en eſtaze melodieux: l'Eſprit plus capable de ces intelligences, comme ſource de leurs reſſentiments, plus difficilement, aú ſubiet des perfections qui regnent en V M, ſe pourroit abſtenir de ſen figurer les ſublimes idees, & moins encor, ſen reſeruer les impreſſions, ſans en exprimer l'excellence de bouche, de creance, ou deſcrit. Sur quoy, ſans plus longue ſuitte de paroles, ie fonde l'excuze du deſſein de cet Hymne : lequel, conceu de laffection que i'ay à lobeiſſance de V. Mᵉ, entrepris, & continué, par l'auis de Mademˡᵉ. de Serue, vraye perle dhŏneúr,

comme l'vne des filhes de vr̄e Royale nourriture : le luy ofe defdier, & offrir par les mains
de Madem^{le}. d'Authezat, fa feur, lefquelles (me
retreuuant fans nom, merite, ny faueur) i'implore
pour lumiere à l'obfcurite de mes vers, efcrits &
peints de ma main vouee, comme le cueur & l'efprit, au treshumble feruice de V. M^e. laquelle,
oultre le zelle general, de lhumeur françois, au
refpect des mageftes de ce fang, & le deuoir naturel à leur fidelite, iay des fa naiffance reuere
d'vne deuotion particuliere : telle, que fans aultre
ambition, que de l'inftinct d'vne cordiale fince-
rite, je me referue tres intime, pour eftre iufques
au periode de ma vie, dycelle V. M^e.

Tres humble, & tres obeiffant, feruiteur, & fubjet,

LOYS PAPON

A GOVTELAS

en forests

Le 1er iour d'Aost 1597

PRINCESSE

Que le Ciel ayme sur touttes Reines,
Côme digne du renc sublime aux souuereines
Par les Reine-vertus, dont votre ame jouyt.

8

Ceste mesme clarte, qui d'elles mesblouyt,
Et m'offusq'aux lueurs de vostre preference,
Illumine les nuictz de ma sombre ignorence,
Eclere mes fredeurs, esueilhe mes esprits,
Et guide a ce dessein ma plume' en ces escrits,
Que ie voué a vos piedz pour cordiale offrande.
Donc si le trop ozer d'entreprise si grande,
Me rend in-excuzable a ma temerite :
Premier que des erreurs de mon obscurite
Je sois repris de vous, blasmez en vos merites,
Blasmez ce qui se lit de vos gloires escrites,
Et ce qui de plus digne est au monde atteste,
Sur l'admiration de vostre Mageste,
D'honneurs, plus que de biens au monde coronee.

    Car qui ne scet qu'auent que vous nous fussies nee,
Mille espritz syderez, Augures prouidens
Au cours judicieux des Astres assendans,
Prophetes vous auoient pour Diue FLEVR D'ESLITE,
D'vn Phare de vertus, en ces aages predicte?

    Qui ne sut que du iour, & l'heure du moment
Que vous fustes esclose ici Royalement,
De verssetz infinis, d'Hymnes, & de Cantiques.

Les Cieux furent loüez de ren-graces publiques,
Que les Egliziens sceurent TE-DEIZER,
Les Nimphes vous cherir les Muses vous priser
Pour fertile subiet, de louanges extraictes,
Qui leur deuoit vn iour faire plus de Poëtes,
Au son de voz honneurs, de themes plus fecondz,
Que leurs Pegazeide hors de leurs Helicons?
Puis lors qué du berceau nous surgit voftre infance,
Comme l'Aurore fresche hors des vmbres auance
L'ouuerture du iour, aux terreftres filhez,
Quand de tretz angelins les voftres efueilhez,
De floride belleffe d'vn' Helene,
Formoyent voftre vizage a l'Ariftodiene:
Qui contera les vers chantez a voftre los?
Pour comme du bouton d'vne roze in-efclos,
Ores que fans odeur foubz vne' efcorce verte;
Lon iuge quelle grace aura fa feuilhe ouuerte,
Quel pourpre etincelans rougira fa couleur,
Et quel parfum fuaue aura fa viue-fleur,
Predire les candeurs de voftre adolefcence.
PRINCESSE mais defpuis qu'ont la vit en leffence,
Ou Phebus, & l'Amour, fe miroyent à vos yeux,

Ou vous faiziés enuie aux merueilhes des Cieux,
Reueilhant de Iunoñ les vieilhes ialouzies :
Qui pourra definir combien de Poëzies,
D'ayles aux plumes d'or, fublimes au difcours,
Tracerent voftre gloire, aux perrons de ces Courtz,
Ou ne vous adorer eftoit vn Atheifme ?

Qui re-dira les motz limes au pindarifme,
Qu'efmailherent pour vous les Petrarques françois ?
Car comme de ce temps, au militaire choix
Caualier ne paruft, d'AEacide vailhancè,
Qui ne vous defdia les lices de fa lance,
L'efcler de fon efpee, & qui braue pour vous,
Ne re-doubla l'ardeur, & l'honneur de fes coupz :

Poëte ne fe vèit, qui aux feus de fes carmes,
Ne vous offrit fon cueur, fon fçauoir & fes lurmes :
Qui pour vous ne produict quelque Liure tout-neuf,
Qui deuot ne vous creut la dixiefme des Neuf,
Qui ne vous confacra fa memoire pour Temple,
Qui feule ne vous tint, plus que les Neuf enfemble
Nul ne fozant entr'eux Pieride auoüer,
Non plus qu'vn Peintre feul artifte ne fe paffe,
Qu'il n'euft forme fes trets à ceux de voftre face.

Bref ainſi que l'Orphé qui mieux auoit ſonné
Lheur de voſtre merite, eſtoit mieux coroné :
Le Peintre natureil qui de grace plus belle,
Vous auoit donne lair eſtoit les plus Appelle.

Les Zerbins que voſtre œil daignoit lors aſſiſter,
Pouuoient à vos faueurs les Tartares dompter :
Et ſoubʒ meſmes aueus les Argailhes ſans armes,
Verſer plus de tournois qu'aux lances de leurs charmes
Comme plus qu'Angeliqʒ vos regardʒ excellens ;
Au lieu d'enfurier ces modernes Rolandʒ,
Allumoient aux vertus leur ieune violence.

Si telles reſplendeurs ſont en voſtre excellence,
Ces vigueurs en voſtre ame, & ces heurs en voſtre oeil,
Qu'eſt ce que Foreſtier ie preſume d'orgueil ?
Que puis ie Poeteʒin de ſilueſtre roſtine,
Vous eſcrire, ou trecler d'autre choſe plus digne,
Que voſtre Mageſté qui ſcet faire la loy
Aux armes, & aux lois, ne ſache mieux que moy ?
Mieux que moy, mieux que ceux, que laage glorifie :
Deſpuis qu'il n'eſt ſecret de la philoſophie,
Deſſein Euclidien, Sylogiſme logiq,
Sophiſme d'intellecl, moral Theologiq,

'Mouelle poëtique', ame d'allegorie,
Dont seule vous n'ayez plus ample theorie
Que Philaze, Astemie & de telles faßons
Celles qui ont apris leur sçauoir aux leçons,
Ignorantes au prix du vostre, que i'honore,
Puisque de vous, ainsi que d'vne Clendore,
La Muze plus fluide', en carmes plus sublins,
Que les Saphoniens, ny les Damophilins,
D'vn doux-Royal accent, sonne vos poezies :
Qu'en proze vous paßez les doctes Aspazies,
L'Axiothe en discours, escris ou proferez :
Enfin, puisqu' à mieux dire' en termes preparez,
De plus exquize grace', hors tout autre modelle,
Vous estes d'eloquence' vn autre Suadelle.
Si le mot elegant en vous s'eslit,
Si la conception en vous seule' embellit,
Si neufue induction des plus belles paroles,
Se treuue en voz propos, s'enseigne' en vos escoles,
S'il n'est affection de langage plus doux,
Ou digne invention, qui n'aspire de vous,
Aux singularites de bien-seance viue,
Ma REINE' à vous loüer que faut il que j'escriue?

Que puis-ie d'vne feinte' (ainſi qu'en ſes amours
Tout Poete comence) ourdir à ces diſcours?
D'vne inuention propre', ou de veine imitee
Figurer (ſi ie ſçay) Angelique agitee
Des Eoles rauis, ſa cheuté ſecourant;
Ou celle qui d'ennuictz loyale ſe mourant,
Se ſuppoʒe aux meurtriers pour un Amy perfide;
Ou la gloire & l'amour des merueilhes d'Armide,
Pour vernir mes eſpritz d'vn ſtile mieux ſeant?
Mais ce ſeroit verſſer de l'onde' en l'Occean,
Puiſque de telʒ ſubiectʒ de la moderne courſſe,
Vous ſeule eſtes l'eſſain, le principe, & la ſource:
Que puis ie donc icy comprendre, ou definir,
Ou doy ie pour deſſein, commencer, ou finir,
Esblouy des rayons de clartes ſi fecondes,
Sur-noye des ruiſſeaux de ſi criſtales ondes,
Ou vous puis-ie adreſſer ce chant, qui ne vous eſt
Moins commun, que iadis le vulgaire caquet
Des corbeaus empariéʒ, au ſalut des Auguſtes?
Oultre ce que ie ſens, mes rimes ſi aduſtes,
Mes motʒ ſi eneruéʒ, ſi ſteriles mes vers,
Que ce ramage appris de ſubiects ſi diuers,

E d'ou tant de sonneurs firent mesme prelude,
Ne s'est encor ouy d'vn' organe si rude.

   Mais comme ce qui est le plus amer au goust,
Plus cordial se treuue' aux douleurs qu'il resoult
Que le doux abusif : l'absint de ces meslanges,
Se pourra plus iuger de zelle' à vos louanges,
Sans veine simulté, d'vn miel langue menteur
Des adulations, de Lambage' imposteur,
D'ou ces Cameleons de fallace importune,
Chantent d'organe double' aux tons de la Fortune,
Lors que sa voyle single aux vents de leurs souhetz;
Pour des qu'elle varie, hypocrites muetz,
Se taire, ou trauestir d'air, de sons, & de lyres,
De candides Orphez en infames Satires
Escumeurs du bon heur, Austres d'aduersites.

   Comm' apres le serein de vos felicitez
De mill' sacrifiez a vostre' Apotheoze,
La plus part en ce tempz, tiennent la bouche close,
Les Muses en silence, & la plume en l'arrest:
Les Peintres diuertis en cessent le portret,
Les Sculpteurs le relief, les Graueurs la figure:

   Et de ces Caualliers, de creance periure

De s'eſtre tant de fois à vous ſeule vouéʒ,
Or à ce trauerſſal, muables deſuoyeʒ,
Par un contre-deuoir : la Courtiʒane troupe
Adore vne Circé pour vne Penelope.
Noñ vne Circe aymable', ains vne Phrine' entr'eux.
Soubʒ les molles blancheurs d'vn chagrin déſdegneux
Laſche varieté de la Françoyʒe race
De ſe proteiʒer, d'air, de cueur, & de face,
En autant de faſçons de rebelles mouuants,
Que l'on voit ſur la mer, de voyles, & de vents.
De moi, tel que je ſuis, le moins des moins Poëtes,
N'ayant ſuiuy l'eſſort, de tant de girouettes,
Dont le cours tournoyant n'eſt iamais arreſté :
Puiſqu'aux ſplendides iours, de voſtre Mageſte
Qui de Reines, & Rois, Reine, nous vint renaiſtre,
Honteux je ne m'oʒay, ſoubſcrire, ny paroiſtre,
Pour auoir auſſi peu l'effront audacieux,
Que de mon natureil lhumeur ambitieux,
Aux importuniteʒ, ou tant d'hommes ſe preſſent :
　　Ores ſeul à mon tour, lors que les autres ceſſent,
Ie vous offre ces vers, que de mes foibles mains,
Telʒ qu'ilʒ ſont, j'ay pour vous faictʒ, eſcrits & depeins :

Non pour des Demy-Dieux vos Troilles anceſtres
Suyure vne Franciade, aux gloires de leurs ſceptres,
Ny pour conter le tempʒ, que les Princes VALOYS,
Furent victorieux Monarques des Gaulois.
Quel FRANCOYS voſtr'Ayeul, fuſt de ſcience, & d'armes,
Quel HENRY voſtre Pere' vn Pirrhus aux gendarmes,
Quelle voſtre Cybelle, Mere qui vous conceut
Ny combien de vos ſeurs, cette Europe en receut
Aux troſnes ſouuereins des corones ſacrees,
Pour ſemer de nos Lys les Chreſtiennes contrees,
D'Hercules chaſſe-monſtre', & des braves Theʒes,
Pour nous ſauuer des mains de ces Anti-croiʒes
Ny pour vous dire comm' ell' à par deſtinees,
Veu toutʒ vos Freres Roys, & vos Seurs coronnees
Heur plus haut aparent, que proſpere' à ſes veux.

Ie ne veux alleguer comm' aux troubles eſmeus,
Par l'orage Heretiq, de ciuile tempeſte,
Sur ces Princes pupilʒ elle ſeule fit teſte,
Pour ranger a mercy leurs Rebelle-ennemys,
D'auctant d'auctorite qu'vne Semiramis :
Aſſeurant ceſt Eſtat (qui ores ſe defferre)
Ores aux neudʒ d'yne paix, or aux tretʒ d'yne guerre ;

Selon que des phlegmons, que ce regne a fouffert,
Les tumeurs regueroient, les vnguens, ou le fer :
Pour en euacüer, ores par l'amertume,
Ores par liniments, l'efcumeufe apoftume,
Don l'vn ne fuft pluftoft, felon quell' y preueut,
Qu'à l'autre fubfequent, elle ne fe pourueut,
Oppoʒant aux perilʒ les remedes confreres.
   Ie n'y veux referer l'Hiftoire de vos Freres,
Princes tres-genereux en leurs diverfites :
Ny les ᴀtreiʒer aux meurtres fufciteʒ,
Par les feditions, dont cette K A T E R I N E,
Preuoyant les efclatʒ de fi proche ruyne,
Sans efpoir de re-fource' apte' à les fecourir,
ᴍagnanime à l'inftant, reʒolut de mourir :
Pour ne vouloir fur-uiure' en vielheffe re-lente,
ᴀux tragiques malheurs, d'vne Hecube dolente :
ɴ'emportant de ce monde', autres plus fiers regretʒ,
Qu de vous y laiffer Caffandre aux mains des Grecs.
   Ie n'y veux exprimer les tenebreuʒes cauʒes,
De vifceral motif, de ces matamorphofes :
Ien cede l'inellect aux reʒolutions,
Du Sifyph qui roula ces reuolutions,

Pour intimes secretz de plus supresme idee
Ma REINE ie ne veux qu'vn' ayle outrecuydee,
Se fondant aux ardeurs d'vn sublime rayon,
De iuste reprimende Icarize mon nom,
Pour auoir entrepris cette orgueilheuze faute.
   Dont bien que mon dessein soit d'estoffe plus haute,
Que ma Muse ne peut referer en ses artz,
Vostre benignite qui porte' en ses regardz,
La mesme courtoizie, & l'honneur en la face,
Aura plus de respect, au zelle qu'à l'audace,
Au cueur qu'au sacrifice', au sens, qu'aux mots escrits,
Pour me fauoriser en cet oeuure' entrepris:
Ou sans voyle flateur (d'ou ce siecle se ioüe
Au gré des Royautes,) la vostre icy ie loüe,
Non des supremitez des altesses de renc,
Ny des Principautez de ceux de vostre sang;
Ny de tant de beautés, qui sur l'aage ternissent,
Ny des felicites, qui volages finissent;
Ny des ordres pompeux, de peuples adorez,
Qui se mirent aux tours des Pans plume-dorez;
Mais de tant de vertus, dont vous estes si plene,
Que vous en surpássez l'Auguste Octauienne.

En vſage prudent, de ce qui ſe cherit,
En longanimité d'vn preuoyant eſprit ;
Et de manſuetude humeinement diuine,
En vos temperamentz l'Ardrienne Sabine ;
Soit en l'inſignite de douces Mageſtés,
Soit en la Courtoyſie' ou prime vous treſtéz,
En graces de recueil, aux moindres fauorable ;
En delices d'humeur, accort, & deſirable ;
D'vn ſilence parlant, d'vu oeil perſuaſif,
D'vn dire non-repris, d'vn repos inoyſif
Aux plus nobles labeurs, exquis en artifice :
Sans deſpendre'vn moment en ſteril exercice,
Qui propre en vous ſoit, & d'exemplere' à toutz.
Dont bien qu'il en fuſt peu, de ſi belles que vous,
De ſi royal aſpect, de ſi riche merite :
Et que vous nous ſoyéz l'unique MARGYERITE
Perle dalme candeur, Gemme de dignité ;
Il s'en retreuueroit en cett' infinité,
De celles de ce pair, qui regnerént au monde,
Quelqu'vne qui pourroit vous ſeruir de ſeconde,
En cet exterieur, ou luyſent vos portréz.
Glicere eut les beautes, Roxanne les atretz,

20

Milaxe les blancheurs, Artemis l'elegance,
Meintes autres encor de pareilhe sequence,
Parurent aux humeins bellissimes à tempz.

   Mais de celles quj ont, de cueurs ame-constans
Aux magnanimitez d'vn si Royal courage,
Faict telle resistance aux vagues de l'orage
D'ou l'aduersse Fortune aspre les combatit :
Oultre-ce qu'aux escritz le nombre en est petit,
La plus part d'vne feinte aux songes d'vne fable,
PRINCESSE on n'en lict point de vous a vous semblable,
Ny quoy qu'on en veuilhe' enfin lhistoire re-cercher,
Qui puisse de valleur les vostres aprocher,
Que cette primauté ne vous soit en sequestre.

   Puisque non seulement l'acte de l'Hypermnestre,
Mais le denouement d'Alceste à simmoler
Ne se peut de louange' aux vostres esgaler :
Tant au sort du peril, qui plus graue se treuue,
Que par cett' amitie de plus Royale preuue :
En ce, que la vertu au desastre imminent,
Reçoit en ses effectz, lustre plus eminent,
Aspect plus specieux, obiet plus memorable,
Quand celle qui l'exerce' est plus haut honorable.

Telle' que ſouucreine', en ce faict heroiq
Seule vous ſurpaſſez tout exemple publiq,
En telles pietez ſi diuinement voſtres,
D'auantage Royal, que de ce que les autres
Ne ſe firent loüer, qu'en cet acte la ſeul
Seule vous merites, lhonneur vniuerſſel,
Par la diuerſite, qui rend vniuerſſelle
De cent vertus en vous, la nature plus belle,
Exprimant d'afluence en ces infinites,
Les illuſtres effectz de tant de dignitez :
Que pour en diuertir le loyzir par enuie,
Des ayzes qu de ioye' endorment noſtre vie,
Sur la proſperite des intimes ſouhetz :
Il n'eſt gerre fatal dè malheurs adoüez,
Dont Fortune' inueſtit les grandeurs affigees,
Des quelles elle n'ait les voſtres affligees.
Prouoquant contre vous le plus aigres deſtins,
Or' aux emotions des ſciſmes inteſtins,
Or' aux ſecrets enuis, d'importunes coüuertes,
Or' aux contagions de precieuſes pertes,
Or' aux concuſſions de martires ardus :
Pour forcer, esbranler, ou vaincre vos vertus,

Aux perſecutions d'eſpines ſi poignantes.
  Et comme à ces relieſʒ des tours plus eminentes
Les plus fiers Aquillons re-ſouflent irritéʒ,
Sa colere buttee' à vos auctorités,
Qu'ell' a de contre-cueur, but de ſupercherie
Voſtre ſeure conſtance, à plus haute furie,
Qu d'orgueil elle cuyde, infime tresbucher.
  Mais comme plus de ventʒ harcelent le rocher,
De leurs ſouſles diuers, d'ou l'orage s'aſſemble
Entre greſles, & flotʒ, moins ſa fermeſſe tremble :
Plus elle veut d'horreur ſes forces obſtiner,
Pour vous re-demollir, abattre, & ruyner ;
Plus contre les effortʒ, ou ſa rage perſiſte.
  Voſtre vertu regale à qui le ciel aſſiſte,
Seſcet non ſeulement deffendre, à ce danger,
Mais vaincre la fortune & ſes armes ranger.
Aux piedʒ de vos honneurs, en ſigne de trophee.
  Si dont elle fuſt onc eſclaue triomphee,
Si onques de Princeſſe' à qui pour s'esleuer,
Elle s'eſtoit dreſſee' elle ſe vit brauer,
Et de ſes vains eſſais honteuʒe anneantie :
C'eſt de vous en ce tempʒ, qui l'aueʒ euertie,

C'eſt de vous (toutte Reine) & d'effeƈt, & de nom,
Qui en auez dompte le courage felon :
Des lors que de l'enuie, aux blaſmes deſpitee
Pour vous voir a peu pres Ariadne quittee,
A l'incompaſſion des homes-animaux
Au ſecours de l'orage, à la mercy des eaux,
Aux clameurs des Rochers, aux repouces des ondes,
Ne ſuyuant neanmoins les erres vagabondes,
De l'autre, qui ſoudain varia d'amitie,
Vous reſeruant la voſtre', ores que l'impitie
Ne vous eut ſimplement, miſe aux mains des Buʒires,
Mais au riſque mortel des fraternelles ires,
Qu cent fauſſes rumeurs vous alloient ſuſcitant :
Vous fuſtes de courage' & de cueur ſi conſtant,
Que pour ſentir aux neudʒ de captiue contreinte,
De voſtre liberte, la licence reſtreinte,
Aux ſur-ueillans aguetʒ des inſomnes Argus,
Aux ſentinelle-mis de ces oreilhe-aigus,
Larmoyante damour de feminine pleinte,
Indice de frayeur', apparance de creinte,
Mot d'eſprit variable, aƈtion de courroux,
Ny geſtes indecentʒ ſaperceurent en vous,

Princeſſe deſplorable aux plus infortunees :
Ains libre de remordz d'vn pas de forceneès,
L'vne pour vn deſpart ſoy-méſme ſe tuant,
L'autre pour vn exil de ſes lacʒ ſe nouant,
L'autre pour ſe voir Reine, en ſeruage reduicte
Expoʒant à l'aſpic ſa poictrine deſpite :
Cette verite voſtre inuincible à ce faux,
Trop noble pour ſe rendre ou fleſchir a ces maux,
Ne permit à vos mains, telle rage indecente :
   Mais ſeure vous iugeant, plus qu'elles innocente,
Et non moins aux perilʒ fermé, ou libre a la mort
Que cette Sophonisbe', ou celle qui a tort,
La ſouffrit aux rigueurs de l'Angloiſe Tomire.
   Ces reſolutions qu'en vous ſeule on admire,
Sur ces deciʒions, furent l'eſtonnement,
De ceux qui vous penſoient eſtonner au tourment.
Si que de ce reſrein, par ſi calme habitude,
De voʒ tranquillites vint leur inquietude,
Leur doute impatient de vos iuſtes ſeurtes,
Et leur genne d'eſprit de voʒ impuniteʒ,
Se ſentanʒ plus captifʒ, du deſſy de ce blaſme,
Qu vous cloſe du corpʒ, mais libre quand a l'ame.

Ce qui les confondit en deſſeins ambigus
Ce fuſt en cet aueu, d'eſtre' eux meſmes vaincus,
De voir à leur eſtroict vos gloires plus celebres,
Et l'oeil de voſtre iour eſclorre' à leurs tenebres,
Vos honneurs à leur honte', & de·leurs vanites
Naiſtre les argumentʒ de vos indamnites,
A la profuʒion de leur in-eſperance,
Sur le miraculeux de voſtre deliurance.

Reproche ſi gluant à tant de Filʒ-Aymons
D'Ogers, de Sacripantʒ, Rogers, & Rodomontʒ
Dont parmy noʒ François tant de brauaches trenchent,
Que quoy quilʒ puiſſent plus, honteux ilʒ ne l'eſtanchent
Pour n'y auoir au point d'vn deuoir ſi preſſe,
Des armes, & du droit au moins faict vn eſſay :
Ne pouuantʒ à l'exploict de plus belle auanture,
Se gloire-ſignaler, ou prendre ſepulture,
De plus viue memoyre', au mortuaire clos.

Ainſi ces vieux Triſtans, ces hardis Lancelos,
Vrays Cheualierʒ errans, preux d'vne Table Ronde,
Braues a telʒ haʒardʒ, n'eſtant plus en ce monde,
Pour vous en retirer aux effortʒ de leurs mains :
DIEU quj donne ſecours où manquent les humains,

Azil des oppressez, ressort de l'innoncence,
Meu des deuotions de vostre patience,
Ou vous auiez les yeus à luy seul arrestés,
Ouurit aux clefz du Ciel, lair à voz libertez,
Lespace' d'vos destroictz, louuert à voz estrintes :
Ou comm' a ces destours de tristes labirinthes,
Fortune ne vous sceut deprimer aux aigreurs :
L'aize d'vne franchize escloze des fureurs,
Ne vous peut sublimer d'vne gloire subite,
Ou pousser au dezir d'vne juste vindicte,
Permise pour exemple' à celles de ce Renc.
    Ains de submission d'vn courage tres-franc,
Remettant ce remord à DIEV qui de puissance
Par mille iugementz vous venge d'vne offence
Vous en aurez Royale' en modeste Recueil,
Si sobre digeré laize comme le dueil ;
D'vn tel temperement que l'on ne vous a veue,
Moins close en liberté, que libre retenue,
Coulant ce double extresme, esgal a mesme pas.
    Ainsi que ce district du fast de vos estatz,
Au des-afeublement de si haute Couronne,
Bref à l'esloignement de l'intime personne,

D'vn Roy ſi deſirable, & braue' en toutʒ les deux,
Quil n'eſt moins redouté, qu'aymé des belliqueux :
Pour n'eſtre en toutʒ les deux, de moins noble ſemence,
Qu'Alexandre en valeur, que Ceʒar en clemence,
Ny pour quelque reſpit de ſes faictʒ genereux,
Moins aymant qu'vn Achil, ny qu'Anthoine amoureux.
Moderant par ces deux l'exceʒ de l'vn à l'autre.
   Princeſſe à ces deſtins, cette influence voſtre
Reduicte des grandeurs de ce troſne Royal,
Au coin de ce deſtroit, au ſeiour in-egal
Aux graues qualités de voſtre calſitude
Diſtille ce ralays de cette ſolitude,
De ſi paiſible humeur, ſi doux, ſi patient ;
Qu'a ces reſtinctions, il vous eſt mieux ſeant,
D'abaiſſer vos hauteurs : qu'a celles qui ſe trompent,
Dinſimes ſexalter, aux ordres qu'elles rompent,
Panthee eſtant plus Reine eſclaue en ſon rabais
Que Barinne regnant, digne de ſon palais.
Iſis dans vne grotte, à ſa gloire plus ample,
En plus de Deite que Nyobe en vn Temple :
Et Ceres aux moiſſons des eſpics de ſes greins.
   Plus Diue que Caliſte Ourſſe des ſouuereins.

Puis qu'on voit sans mesler de vanites Confuses,
Un' Ion a Iunon, où Minerue aux Meduzes,
L'obscur à la lumiere, & le vice aux vertus :
Æbdeze faire ferme' aux passages ardus,
Alcé aux plus ayzes tresbucher sans contreinte :
Cornelie asseuree, Acmé trembler de creinte :
Tout suffire' à Marcelle, en ses necessitez,
Tout rien n'estre' à Lays en superfluites :
Gumnilde dezire' aux peuples qui s'en loüent,
Et Thais detestee', à ceux qui s'en re-iouent :
L'Octaue pour Anthoine, a tous humble en recueil,
Cleopatre' aux plus grandz vzant de son orgueil
S'enyurer aux esgoutz, d'ou la filhe d'Acrize
Soubz Jupin se decent. Et ce qui plus se prize
En la fidelite de vos deportementz,
C'est que vostre' Amitie parmy ces changementz,
Ou de tant de trauaux vous fustes molestee,
A ce Royal Espoux est si ferme restee.
Que ces toutte-rigueurs qui vous vindrent troubler,
Aux persecutions ne l'ont peu violer,
Que son impression ne vous soit memorable.
   Mais ce qui plus se iuge, en vous plus admirable,

C'eſt, qu'ayant eſcoulé ces torrens de malheurs,
Surmonté la fortune, & domte les fureurs
De ſes plus haus deſſeins : veu-vous ſoyeʒ en queue
De victoyre ſans pair de vous meſme vaincue

  Ce n'eſt de peu d'honneur, aux affaires vrgens,
D'eſlargir librement, le ſien aux indigens,
D'abandonner ſon bien, pour gaigner le ſupreſme,
Mais c'eſt ſe ſurpaſſer, que ſe quitter ſoy-meſme.

  Aux moindres on ne peut, dificile eſtimer,
De ſe reduire' au bas, & de ſe deprimer,
Non plus qu'a ces rameaux que fragiles ſe plient :
* Mais lorſque ces Grandeurs ſuperbes s'humilient,
Quittant non ſeulement l'aiʒe' ou le ſuperflux,
Ains tout ce qui leur eſt neceſſaire de plus,
Iuſqu'a ſe deſpoulher du plus ame-ſenſible ;
C'eſt en diuins effectʒ trencher de l'impoſſible,
Et qui merite plus de ſupreſme Relief,
Que la deuotion n'en r'aualle le chef.

  Car ſi pour ſe diſtraire hors des pompeuſes lices
De tant de vaniteʒ, & venteuſes delices,
Pour ſe tranquilliʒer hors ceſ fameuʒes Cours,
Dont l'air trouble l'eſprit, l'art prodigue les jours,

Et le loyer ingrat perd la peine deceue :
Au moindre' y respirant, facheuse en es l'issue
Bien que tres-salutaire', a quj a soing de soy.

Lorsqu'aux Supremites qui y donnent la loy,
Qui sont la mesme Cour, sa fortune, & son sceptre,
Sans qui, les dignites des Cours ne peuuent estre,
Ce louable dezir de retraicte se joint,
Si l'oeuure gist en lvn, en l'autre est le haut point.
Vous ne la quittez donq, de feinte, ou d'apparance,
Pour y r'entrer apprez, de neufue preference :
Vous ne vous entriez d'vn remordz pénitent,
Pour vous y r'embarquer d'vn dezir inconstant :
Ou pour hors de ces bruictz d'imposture, & d'enuie,
Cacher en ces destours, l'escler de vostre vie.

Ains pour en quietude' en ce logis esleu,
Soubz la profession d'vne regle sans veu,
D'vn ordre sans serment, d'vne foy sans promesse,
Au desdain des abus de la mortelle presse,
Et des indignites, d'ou ce monde perdu,
Faict se louant du vice', opprobre' à la vertu,
Force' aux simplicités, reproche à l'ame chaste,
Ou tout veut de l'honneur, & tout le se contraste :

Efleuer à Dieu feul, vos fideles efpris,
Vous former à fa loy, vous dorre' à fes efcritz,
Et deffur le Parnas de cette' altiere croupe,
Conduire fainclement yne Angelique troupe
De Nimphes d'excellence', vniques viue-fleurs :
Lex exerceant accorte' à fi nobles labeurs,
Que de la rareté de fi diuines filhes,
S'illuftrerent yng iour maintes Nobles familhes,
Pour y rendre d'honneur les plus fuaues fruiclz,
De ce qu'elles auront de vos graces appris,
Sur les pofteritez quj s'en peuuent eflire.
C'eft ce qui de ces Cours maintenant vous retire,
Ainfi que fans erreur des fuperftitions,
Seule vous inclinez à ces deuotions,

Dont en vous retirant, la Court qui n'eft plus celle,
Fait beaucoup plus de perte en vous, que vous en elle,
Car fi feule autre-fois, vous en fuftes le jour,
L'Aurore, le foleil, l'heur, l'honneur, & l'Amour :
Sur ce dernier defpart ou voftre ame perfifte
Eftre elle ne doit plus qu'yne meflange trifte,
Un Rocher fans fonteine, yn pre fans herbe-fleur
Un ramage fans ymbre', yn Iris fans couleur,

Une Nimphe sans poil, & sans gemme vne bague,
Bref ce ne sera plus, qu'vne Campaigne vague,
De veue illimétee, infertile & sans fruictz :
Jusques à ce qu'vn autre' eslüe à ce pourpris,
Succede à vostre renc, dout la Mageste puisse,
Ramenant les rayons aux vmbres de l'esclipse :
Sur ce lict nuptial dvn Dauphin acoucher,
Pour qui de mesine Tige', on la deut recercher :
Pour qui, puisque le Ciel irrite de nos erres,
Et des pollutions qui delugent les terres :
Ne nous l'ayant voulu conceder nay de vous,
Comme trop excellent, qu'il eust este pour nous,
Princesse en luy cedant d'vn courage supresme,
Au zelle du publicq, lict, sceptre, & diademe,
De plus candide gloire aux tempz immesurez,
Non moins qu'elle, de nous, Reine vous demeurez,
Et s'il est dignité qui plus haute se treuue,
Vous la sur-meritez, par si fidelle preuue.
N'ayant non seulement voulu re-contester,
Ce quj fist à Vuschy, succeder vn Hester
Mais vous mesmes d'honneur, & de vertu zelee
Au remede important de la France troublee,

En ces fourdes rumeurs, & pour d'vn chafte lict,
Banniffant l'impermis expier le delict,
Qui defplaiƴan à Dieu, fauoriƴe aux pretextes,
L'en aues tres-requis d'inftances manifeftes,
De creance, & d'auis ; procurant à l'vtil,
Du Prince, & des fubiectƴ, vous mefmes voftre Exil,
Donnant pour retrancher les ayles a ce Scifme,
Premiere contre vous l'arreft de l'Oftracifme,
A la fupreffion des rebelles enuis.

   O Cueur plus que Royal, don nous fommes rauys,
Par vos mille-vertus de veftige honorable ;
Mais fur tout aux fplendeurs de cet acte admirable,
Qui s'eftend au plus loing du tempƴ aage-d'honneur,
Il faut non feulement que les Dames dhonneur,
Que l'on peut reuerer de fameufe lutrie,
Pour deuoir memorable au bien de la patrie ;
Soit de Thebe au defpoir, foit de Sparte en fierte
Soit de Rome aux ardeurs de pure liberté ;
Mais de ces Nations Greques, ou Romulites,
Les Sceuolƴ, Pelopidƴ, Curces, & Leonides,
Et les plus fignaleƴ, de ces peuples antiqƴ,
A la redemption des modeftes publiqƴ,

34

D'ou la pompeuſe gloire aux hiſtoires regomfe:
Vous en cedent vaincus la palme & le triomphe.
Et ce de plus de droict, qui vous donne ce point
Que laiſſant ces honneurs vous ne le voulez point,
Ny que l'on vous eſtime auoir quitté les voſtres
Aux reines de ces Cours pour en eſperer d'autres.

C'eſt ce qui le vous graue' au ſiecle ſucceſſif,
De plus d'auctorité qu'à la Niece du Juif,
Qui pour ſauuer ſon peuple' oza voir Aſſuere.
C'eſt à vous que s'en doit limage ſtatuaire,
Mieux qu'à l'Androclienne, ou à celle qui l'eut
De plus riche metail, pour ce qu'elle ſe teut.
C'eſt à vous qu'on deuroit pour Heroique Exemple,
Aux Reines qui nayſtront edifier vn Temple,
Ou vous ſoyez en veue à touttes nations.
Mais quoi? vous qui fuyez telles ambitions,
Et de ces vanitez l'hydolaſtre fumee,
Par les reductions d'vn' ame reformee,
Deſdaignant pour loyer ce monde vniuerſſel,
Fidelle en eſperez vn plus ample du Ciel,
Dont le luſtre ne plombe & lodeur ne s'eſuante
Soyez en l'attendant vn meſme' aage viuante,

En dignite pareilhe, au refuge public,
Qu'entre toutz les Hebrieux la Recluse Judic.

FIN.

MVLTA QVIDEM.

SED

MINORA VERIS

SV
MOY LA
GVIDE TERRE
IMPR

LA CONSTANCE

A TRES ILLVST. PRINCESSE

LOYSE

REYNE DE FRANCE.

LA
CONSTANCE

A

TRES ILLVST. PRINCESSE

LOYSE

REYNE DE FRANCE.

LYON

IMPRIMERIE DE LOUIS PERRIN.

M D CCC LX.

EMBLEMES DE CONSTANCE.

Ce chefne efpois & fort fert d'ombre' aux gran-chaleurs
De couuert, à la pluye', & de tout, à l'orage :
Ainfi lamy conftant, d'vn femblable courage
Sert de regle au bonheur, & d'azil aux malheurs.

Par le cigne candide à fa mort . . . . . .
Aux refons de l'Echo, au periode . . . . . .
Se voit l'ame innocente', afpire . . . . .
Et repartir alegre, hors du monde . . . . .

A

TRES ILLVST. PRINCESSE

LOYSE

ROYNE DE FRANCE

MADAME,

E qui ma faict entreprendre ce difcours,
l'efcrire en vers, & l'ofer dédier à V. M.
eſt cett'incroyable admiration de vos
perfaictes vertus, & ſi mon foibl'eſprit ſe peut dire
capable, de cette aprehenſion ſublime, la pluſque
pitoyable conſideration, de tant de malheurs, &
d'ennuys, qui vous ont puis quelques annees in-

ueſtie, de vehemence ſi obſtinee, qu'il ſemble à la
verité qu'autre'ame Royalement genereuſe, que
la voſtre ne ſy fuſt peu ſi ſainctement preparee,
à les recevoir, les ſouffrir auec telle conſtance,
tacher à les pacifier, auec tant de zelle, Enfin auec
tel dezir, de pouuoir ſatisfaire, Au prix dune
propre vie, à les eſteindre, & diuertir toutte la
fureur de l'orage, ſur ſoy meſme; pour ſeule en
digerer la plus maligne influence, & d'une Magnanime Reſolution ſe conformer à la volonté
de Dieu. Dont ſans vous r'afrechir les douleurs
de ces ſi recentes playes, que l'idee vous demeure immortelle, en l'imagination, les larmes
aux yeux, le ſouſpir en la parole, & l'euertiſſe-
ment de touttes choſes, en ce Royaume. Ces
deux premieres cauſes, pour l'extreme, la Reue-
rence que iay touiours eue, au ſeruice de toutz
ceux de voſtre Royale Maiſon : m'ayant con-
treint de figurer la preuue d'une heroique conſtance, ſur le patron de la voſtre plus ſignalee; &
la rediger en cet eſcrit, en vn temps ſi eſtrange,
que ce que l'un recoit pour refrigere cordial,
l'aültre le reijecte pour mortelle Cigue; Ie ne
me voy comme incognu de V, M. (pour mon
peu de merite) autre acces, que par la voix de
M. Gatier, l'un de vos Aumoniers & plus fidelles

seruiteurs, au quel ayant cet honneur d'appar-
tenir, ie supplie tres humblement V. M. de le
daigner receuoir par ses mains en ce liure, escrit
& coloré de la mienne... Auec ma tres hūble
volonté qu'a iamais Ie delir au deuoir du tres
humble seruice de V. M. la quelle selon la benignite de son celeste Naturoil, excusant ma
licentieuse temerite, de la sauuage rudesse du
saluage de mes vers forestiers me face ce bien de
singuliere faueur, pour le plus souuerein que ie
puis souhaiter en ce monde, d'estre auoue dycelle pour

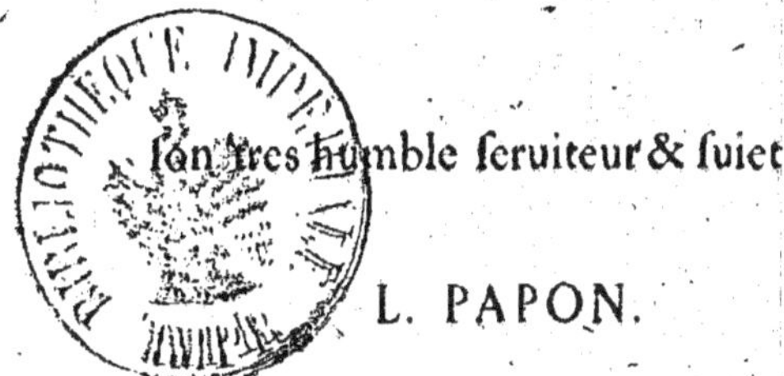

son tres humble seruiteur & suiet

L. PAPON.

De L'orme' & de la vigne' En vie apparier,
Du viel tige aseché, la sepe en foy loyale,
N'abandonne le tronc, ains damour coniugale
Lembrasse & le cherit, o lustes mariés.

Pointe diamantine, Escler de l'orient,
Brilhante au rais du iour, lucide entre les vmbres :
Pourquoy ne ternis tu, en ces nuages sombres,
Et ne fendz aux durtes, du marteau qui de prend ?

LA CONSTANCE .

A

LA REYNE.

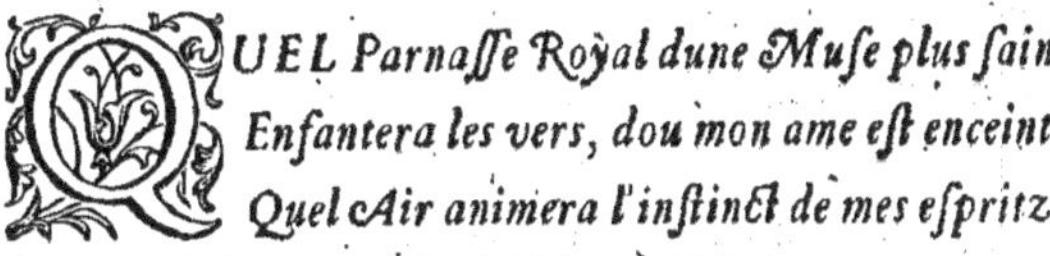

Q*UEL Parnasse Royal dune Muse plus sainte*
Enfantera les vers, dou mon ame est enceinte?
Quel Air animera l'instinct de mes espritz :
Quel onde abreuuera, la soif de mes Escritz :
Ou quell' autre vigueur, de plus intime zelle,
Guidera si prudent, la plume de mon ayle,

Que sans glisser en terre, ou me pendre à myciel,
D'vn moyen qui ne soit, de honte, ou d'orgueil,
De frayeur ny d'essor, de fier, ny dhipocrite,
Ie chante vne constance, au ton de son merite :
De style si lucide, à l'oeil de verité,
Puis que pour nesgarer son almé integrité,
Fuyant tout hyperbole, hydropique d'Enfaze,
Elle ne va cerchant, Muse, onde, ny Pegaze :
Voyant l'air fabuleux de leur impunite,
Escumer de fureur, soufler de vanité,
Et peindre audacieux, ses chimeres aux nues.

    I'iroys donc pour neant, à ces cimes chenues,
Aux bouilhons, de leurs eaux, des superstitions
D'ou ces Poetezins, tirent leurs fictions,
Et grotesquent les tretz de leurs songes estrangès
Puyzer ce que ie veux, escrire a ses louanges :
Puis qu'a sa Magesté le sucre re-flateur
N'est de goust moins amer, que le fiel imposteur
Et que pour arrozer mes alteres arides,
Ell' a plus de nectar, que mille Pierides :
Plus daccent que Phebus, & plus d'air que ces montz.

    Mais si foible d'esprit sa faueur ie semondz,
Inuoquant au besoin son aspect d'influence,
Ne sent ce effrener, mon doute en insolence,

Et gliſſer d'vn deuoir, à la temerite.

Certes ſi le reſpeɛ́ de ſon auɛ́torite,
Aux diſproportions, du terreſtre, au ſublime,
Comparoit ſa grandeur à ma baſſeur infinie,
Ie me preiugerois digne de ce deny,
Dautant que le caduc, differe à l'infini :
Le noir à la blancheur, les ſacres aux profanes,
Et les obſcurites, aux luſtres diaphanes.

Mais comme ie l'auque, auſſi vas ie alegant,
Qu'ainſi que noſtre ciel, ſans fronſſer arrogant
Des flambeaux que ſon tour poſſede en preference,
Communique lhumeur, de ſa perſeuerance,
Aux alterations de ſes fertilités :
Que l'inſtinɛ́ Angeliq, de ſes benignites,
D'ou plus que de trezors, ſa corone ſe dore :
Aſſite de faueur, quiconque, ſe l'implore,
Sans reſſus ſans meſpris ſans rebut de fierté.

Qui me faiɛ́ a lacces de cette liberté
Ou ie fonde en eſpoir, ma tres humble aſſeurance,
Vous inuoquer icy, Reyne veufue de France,
Par les conuulſions de ce ſiecle cruel,
A guider le diſcours, de ce foible recueil,
A l'eſtoiler des yeux, de voſtre alme lumière,

Et m'asseurer la voix au son de ma prière,
Pour estre vne Minerue, à mes conceptions
Exordre à mon dessein, fraze à mes dictions,
Ferme à leur période, & lampe de ma vie.

Reyne si ie lobtiens, ce liure qui se fie,
En l'azil de vos mains, aux fidelles permis,
Ne creint tant en ces iours, neutres, ou ennemis
Que parmy ce cahos, ou leurs armes se roulent,
Soubz vostre passeport, ses carmes ne se coulent :
Pour ne voir au milieu, de ces doubles perilz,
Orage qui ne calme, aux rays de votre Irys :
Detent cette vertu, qui s'arme à vostre enseigne,
Faict que ne Regnant plus vostre Excellence Regne
Dhonneur, plus que de sort, illustre à ce degré,
De renc, plus que d'estat, de perles diapré,
Sur celles de ce temps, Princesse illuminee.

Mes vers, puisque le sceau, de grace interinee
Daigne de cet octroy, vos douttes asseurer :
C'est icy qu'il se faut, pour vous sur-espurer
Des adulations, & de la medizance,
Aux flames de ses veux, extraire en quinte essence :
Et vous purifier de phlegme, & de vapeurs,
Aux rays estincelans du soleil de ses meurs :
Pour n'exposer au front, de si haute Planete,

A LA REYNE.

Terme qui ne ſoit ſainƐt, carte qui ne ſoit nette,
Ligne qui ne ſoit luſte, Encre qui ne ſoit pur,
Caraɭtere qui n'ait hieroglife dhonneur,
Plume que d'ayle droiɭte, ou la vertu ſe iuge.

Mais qui peut ſur le quay du moderne deluge
Aux vagues de ce trouble, ou les Ambitions,
Singlent a pleine voile, aux Reuolutions ;
Louer une Conſtance ; ou les fleurs, & les hommes,
Nays de corruptions, ſe criblent en atomes,
Qui lou'ra l'immuable, ou tout change — vieilhit
Ou de ſe varier, Nature s'embellit ?

Qui ſur les pilotis de ce monde fluide,
Fondera reſolu quelque baze ſolide ?
Puis qu'aux zones des Cieux, Phebus pique au retour,
Ses cheuaux au reſſort, d'ou il eſclot le iour :
Que la lune au ſerein gliſſe au galop humide,
Ou roulent tour à tour le ſignes en ce vuyde,
Pour ſublimes regler, meſme licé aux viuantz ?
Ou le feu, l'air, les eaus, torne-virent aux ventz,
Ou tous les Animaux, volent, nagent, ou fouilhent,
Où les plantes, au temps, ſe veſtent, & deſpouilhent.
Bref ou lhome creé terreſtre potentat
Ne demeure iamais, vn' heuré en vn eſtat :
De tant le torbilhon de ſa vie Corſaire

L'agite par eflans des langes au fuaire?

Ainfi, puifque ce tout, à vogue fluctuant,
Ne femble rien auoir, de fixe-reffeant,
Qui ne foit variable, — il feroit hors de terme
Dy vouloir eftimer quelque chofe de ferme :
Si tout ce qui fe torne, au pol du firmament,
Ne monftroit fa conftance au propre mouuement,
Et fes tranquilites en fon inquiétude :
Et que ce qui de foy, reçoit viciffitude
Soit des arbres en feilhe', ou fimples vegetans,
Soit de ces animaux, deuorés par le temps,
N'eftoit lordre icy bas, prefix à chefque genre,
De naiftre, laboureur, & finir fur la terre;
Dun arreft immuable, à ces mobilités :
Et que lhome' imployable', aux volubilites,
Chef, pour qui tout fe cree, ou la feconde caufe,
N'entoit fon habitude en fa metamorphofe,
Sa perfiftence noble, en ces diuerfités,
Sa libre tolerance, aux fur-daduerfités,
Et fa franche roydeur, aux bales de leur roue.

Icy donc en mes vers, Conftance ie te loue :
Vertu de l'ame, accorte, à luy faire fouffrir,
Le mal qui pour le bien, ingrat, fe vient offrir :
L'oftracifme ialoux, pour falaire d'office,

Enuie pour loyer, des labeurs de seruice,
Perte pour gain de peine, orage pour le port,
Tormente pour seurte, nauffrage pour abbord,
Ruyne pour deuoir, d'indigne recompensse.

Ie t'exalte (o vertu) sur l'autre pacience,
Comm' vn Roy triomphant sur vn peuple chetif
Vn fort sur le timide, vn franc sur le captif,
Et la trempe d'acier, sur les estoffes minces :
Veu que l'vne est vulgaire est l'autre pour les Princes,
Lune scait se defendre, aux coups, sans sebahir,
Voire assailhir à tempz, l'autre rien qu'obeir :
Bref l'vne est heroique, illustre en preference,
L'autre de ses douceurs d'angeline soufrance,
Ne scait rien qu'endurer, les martires offers,
Fleaux, outrages, rigueurs, chártres, gennes, & fers :
Et ce quhors de replique, aux pinces aduersaires
Lui derriue du fondz, des plus haues mizeres ;
Bornant son exercice, en ses calamites.

Ou la Constance aigue' aux deux infirmites
De l'heur ou du malheur, inuincible s'eclere
Pour ne ploier au pis, ou durcir au prospere.
Et n'enfler pour les biens, sourcy, forme ne voix.
Ains de balance' esgale, à l'vn, & l'autre poix,
Quoy qun' aise la tente', ou l'ennuy la rescinde

Ne trebuche soubz l'un, ny sur l'autre se guinde.

Comme non moins hardy Fabrice se deffend,
Des offres de Pirhus, que d'vn cry d'elefant :
Et le sobre Romain, prefere vne puiſſance,
Sur ceux qui ont de l'or, à leur propre finance :
Eſpritz plus glorieux, Heros plus admirés
De meſpriſer conſtans, ces treſors deſirés :
Que ceux qui reſolus de grace, ou de contreinte,
A ſuccer l'aloes, à reboire l'abſynte,
Digerent patiens, ces froides crudités,
La fain, la ſoif, le froid, le peur, les nudités,
Sans deſir de vengeance, ou pleinte de murmure.

Telz courages vzés au trauail de l'iniure,
Pour ſans reſſentiment, le faix en ſouſtenir,
Qui ne pouans en ioye, vn' aiſe contenir,
Vn alegreſſe au frein, dans ces ſuaues lices :
Vne regle au bonheur, vn arreſt aux delices,
Un terme à leur degrés, vn but aux dignités :
Eſtourdys des parfuns de leurs proſperités,
Oublieux des ennuys, des leurs recentes peines,
Se laiſſent tranſporter, aux opulences veines :
Naſté de paſſions, amorſe de fureur,
De l'indiſcretion, ſont ligués à l'erreur
De l'hebreu le plus fort, ſur ce quil execute,

Soit à vaincre lyons, de la plus haute lutte :
Soit pour tout le salut du peuple à luy commis,
A rompre belliqueux, l'effort des ennemys,
Soit a defaire vn camp, d'vne machoire Aride ;
Pour se laisser lascif, peler à sa Dalide,
Et rendre sans effort, aux Philistes cantons.
Ils failhent comme Hercul qui creue les dragons,
Centaures, & Geans, d'vne mortelle prise :
Pour lusche se brusler aux plis d'vne chemise
Present des Dianire, infect & venimeux.

Donques cette Constance, alegre a tous les deux,
Ferme au danger profond, modeste aux renc supresmes
Se peut seule iuger, la vertu des extresmes,
Le surfaix aux douleurs, les reues au plesir.
Pour actiue sans fin, dun paisible loisir,
Quoy que laffection, ou le deul la reueilhe,
Estre forte, rarrisé, imployable, & pareilhe
Desprit, comme de langue, & porte lame au front.

Donques cette Constance, est rempar de l'affront,
Pauois de resistance, aux tretz de calomnye,
Roche de viue areté, aux mines de l'enuie
Enfin Balme hors de riue aux farouches torrens.

D'elle nous differons, de ces monstres errans.

En ces varietés ou ilz se Protheizent,
Par elle à docte fin, chef-d'oeuures se conduisent ;
Et de sa perspectiue' en compas importens,
On preuoit le danger, pour y pouruoir à tems :
Ou rendre son estoc de moins aigre blessure.

Donc Constance remet dune forme plus seure,
Ce qui gisoit à fondz de l'orage destruict :
Mais rien ne peut r'escheoir, de ce quelle construict,
Sur ce triangulaire, ou tout ce qu'elle fonde
Ne creint armes, ne vens, seus, ny rage de l'onde :
Tonnerres tempesteux, ny terre-tremblemens.

Constance est seule fixe', à tous ces changemens,
Indeceuable' au fil des tours de ce Dedale,
Inflexible' au deffy, des offres de Cephale :
Impalpable à la creinte, impassible aux tumeurs,
Antidote salubre aux liuides humeurs,
Et refrigere exquis de l'aduste Rancune.

Constance' à touttes mains, victrice de Fortune,
Quoy qu'au ciel eleuée, ydole des Romains,
Quoy qu'ell' oste à Bellone' vne hache des poins,
Pour seule s'eriger Deesse de la guerre ;
Quoy quell' enble' au rouet les estatz de la terre,
Pour y bouleuersser les cupides viuantz :

Quoy quell' hape d'Eol les bourrasses des vens
Pour les girouetter, à sa voile importune :
Quoy que fiere, elle tire, vn trident à Neptune,
Pour la se faire courre, à force entre ces flotz :
Enfin, quoy que Fortune, irreuocable à dos,
Ait mis l'enseigne en terre, & ses voiles sur londe
Vzurpant le traffic, des Empires du monde :
Preste sans la frayeur des glaces d'Acheron,
D'y passer, pour rauir' vne rame a Caron :
Affin de semparer de l'infernale queue :
A tousiours au duel sa victoire vainque
Des lors quelle s'en voit aux preuues assailhir.

Constance, que remordz ne peut faire pallir,
Fremin de repentence, ardre de sintereze
Madre l'air de son lustre', au front de l'Antitheze
Se deseche à l'humide', & se fomente au froid,
Pour fredir à la flame, & sestendre à l'estroit,
De si forte valleur, & vigueur exemplaire
Quautre vertu sans elle', a l'ame ne peut plaire
Renom à nostre oreilhe, Euidence à nos yeux,
Liqueur à nostre goust, dezir à nostre mieux,
Puis que sans elle', au cours de ces humaines traictes,
Touttes perfections languissent imperfectes,
Que sa lame s'épreuue' aux tranches de ces nouds,
Ses metaux à la fonte, & ses trempes aux coups,

Lobject de ces effectz, à sa prestance grauë,
Ses bazes à la masse, ou regne l'architrone,
Ses voutes à leur clef, sa terrasse, au ciment,
Son edifice au plomb, sa cime au fondement,
Son aymant aux attretz, ses ambres à leurs pailhes,
Sa prudence au conseil, son deuoir aux batailhes,
Et son cueur au succés des routtes du combat.

Constance est pour le regne, vne clef de l'estat,
Un piuot de nos lois, vn mastic de police,
Colonne de creance, au Catholiq office;
Dou tous ces des-voyés, d'aueuglé obscurité,
Recerchans, sans vouloir treuuer la verité,
Pour en scier le tige, entes, rames, & greffes,
Ne souilhent incertains, què limoneuses treffes,
Què de crasse terreuse, atheizent leurs sens.

Si que parmy les flotz, de ces cismes recens,
Pour faire fermé au sein, de l'Arche de l'Eglise,
Entre mille vertus, la Constance est requise.
Comme le fils de lhome, entre ceux qu'il esleut,
Fist au perseuerantz, promesse de salut;
De blasme à l'inconstant, qui d'entreprise bresue,
Commencé vn edifice, & ne le paracheue;
E de peine à qui sol se laisse au repentir,
Du soc de la cherrue, ailheurs se diuertir:

Tant il ayme & cherit, vne foy de Constance,
Marche-pié de sa creinte, oeil de sa cognoissance,
Estuy de sa parole, Escrein de son amour.

Qui pour autant de fleaux, que Iob se vit au tour,
Des ceurafflictions, d'vn ulcere moleste,
Contre Dieu, ny le Ciel, sa langue ne proteste :
Ains de ces esguilhons au tret mortifiant,
Tout ainsi que des biens le va glorifiant
De fidelle' action, des graces eternelles.

Constance faict iuger les ames immortelles,
De celeste origine, & pur affinité,
Capables du loyer, de cert' Eternité,
Dont le sang de Iesus leur scele d'asseurance.

Constance est aux humains, l'ancre de l'esperance,
En   de Iustice,   d'equite,
Exercice d'honneur, voile de chastete :
Et pour sa con   , affin que lon ne coppe
La foy, comme le fil, toyle de Penelope,
De tissure louable', au veu de sa Moityé,

Constance est le flambeau de loyale amityé,
Union des liens, d'vn pudique hymenee,
Vestige d'excellence', aux branches delignee,

De l'abre radical, foin de posterité,
Des ayeux aux neueux d'age en age' herité,
Par generations, de memoire durable, -

   Constance scet guerir le ialoux incurable,
Yure de frenezie', alteré de soupcon,
A la simple vertu, de sa contrepoison,
Au lieu de l'Helebore, & ius de l'Anticyre;

   Constance ne voit rien, qu'ell' admire ou desire,
Ainsi qu'inuariable', aux curiositas,
Aux triomphes de gloire, aux somptuositas,
Fantosmes de ce monde, abus de nostre vie :

   Constance ne se laisse esgarer à l'enuie
D'où la flame recuitte, au centre des espritz
Oculte' afflige plus qu'vn veau de Phalaris,
Ou qu'aultre passion, qui nous trepane l'ame,

   Mais comm' a telz enuis, sa fredeur ne s'enflame,
Pour les auoir de soy, indignes reputes,
Constance ne se lache', au flux des voluptas,
Des liqueurs, du plesir, d'ou le desboire est triste :
Dou le dezir s'estint, mais le crime persiste,
Pour final iugement, de leur perdition,

   Ainsi qu'au desespoir de leur fruition,

Ou ces efpritz forbus, natures forcenees,
Sincopent le fufeau, de leur predeftinees,
Et foubz le mafque feint d'impure loyauté,
Se plongent aux trenchants de mainte cruauté,
Cuydans pour s'immoler (amicides victimes)
Se pendre, fe tuer, fe ruer aux abifmes :
Se gorger dune breze, ou fe phlebotoiner,
Dun afpide efguilhon ; fe faire renomer,
De magnanime force, Ame tres genereufes :

La Conftance oppofite à telles furieufes,
Prefere la prudence, & les errés d'Ulys,
Au defpit de l'Aiax, qui fe tua defpuis :
Et les humanités de la clere fumite,
De cette Imperatrice, & benigne Octauie,
Au tragique trépas, de celle qui perdit,
Anthoyne, & re-diceut, Augufte en fon edict.

Comme non feulement, la Conftance difcerne,
L'efprit, l'ame, & le cueur, mais l'apparence externe :
Le gefte, la parole, & le formes d'habitz :
Elle ferme l'oreilhe, à ces vagues babilz,
Truchemens d'inconftance, aux langues effrenees.
Prognes de haut-caquet cigales indignées,
Qui fous le fleuretis, de leur celerité,
Suffoquans, le refpit de toutte verité,

Ne ceſſent d'innouer, de meſdire, ou de feindre,
En leur profuſions : ſi que pour les r'eſtreindre,
Des ſuperfluités, de leurs mots abondans :
Conſtance au lieu de mors, leur met entre les dens,
Le modeſte refrein, d'vn louable ſilence :
Silence qui retient, cette langueuſe lance,
Meche de tant de noyſe', outil de tant de maux.
Conſtance ne ſe plaiſt, à ces geſtes ſi haus,
De ces mornes fiertes, dont l'vmbre ſoutrecuyde,
La leure s'entre-mord, l'oeil feint, le front ſe ride,
Et le pas orguilheux, piaffe ſur ce deſdain :
Ainſi quelle n'apreuue, vn volage ſoudain,
D'un motif inceſſant, d'ou lacte ne faict pauſe.

Un entre-graue doux qui modeſte ſe poſe,
A l'accent de parole, au poix de laction,
Pour de ce que le mot, n'ouure d'affection,
Exprimer gratieux, le reſte en euidence :
Eſt la noble faſſon d'vn ſigne de Conſtance
Ou geſte, cueur, & bouche, amblent appariés.

Ainſi qu'a contre poil, tant dhabitz variés,
A plus dheures, qu'au iour, qui de-guiſent nature,
Deſtoffe, de tyſſus, de biſſe, de parure,
Vieux auant que tailhés, vſés premiers que neuſz,
Eſcirés, efilés, cizelés, ſi menus,

De ſi fole muance, & variable ſorte,
Que ce qui plaiſt à l'aube', au veſpre ne ſe porte,
En plus de diſcoleurs, que nos Cameleons.

Conſtance ne faiƈt voyle' a tant d'opinions,
Ne ſingle à tous auis, ne vogue à tant de routes,
Et ſage ne s'embarque, aux goulfes de ces doutes :
Pour aux poux de tous vens, à tous comites ſeulz,
Reſurgir à toutz portz, errer à tous eſcueilz,
Encrer à toutte rade, & courre à toutz orages.

Car ores qu'aux fureurs de ces outre-courages
A qui fortune ou ſort ſemble fauorizer,
Telle temerite cuyde cezarizer,
Pour d'vn' ambition frenetique eſchaufée
Courre appres la fortune & voller le trophee,
A vouloir vaincre en vain, vagues, voiles, & vens ;
Conſtance qui ne veut ces trop bruſques mouuans,
Don l'ardeur ſe couurant, d'vne valleur hardie
Se cuyde heroizer par audace eſtourdie.
A preuue plus l'arreſt du ſage Cunƈtateur,
Qu' l'eſſor de Minuce' hagar executeur :
Vn vainqueur pardonant, plus que le ſanguinaire,
Vn Aemile benin plus que Sylle collere,
Vn ſage deffenſſeur, plus qu'vn fol aſſaillant,
Bref le tranquill' humeur, ſur le rude-bouilhant,

Come plus que la trouble, agree l'onde calme.

Ceſt pourquoy la Conſtance au faix ſemble la palme,
En foy le ſeur pilier, le rocher en torment,
Le laurier en victoire, en pointe vn diamant,
En lhoneur le Phenix, re-uif de ſon modelle,
En ſaincte loyauté, la douce Tourtorelle,
Si chaſte en mariage, & d'alme pieté,
Si fide permanente en ſa viduite,
Que deſpuis qu'vne fois, ſa compagne eſt perie,
D'ayle, d'oeil, ou de cueur, aultre elle ne parie,
D'air, de chant, de bocage, ou de ſociete.

Ie te lou'rois plus oultre, en ſon anxieté,
(Magnanime Conſtance) ou verſſe mon eſtude,
Ne fuſt, que pour grauer ta forme en habitude,
Et ioindre à ton idee immuable proiject
De vertus, ie te cerche, vn plus digne ſubiject :
Affin d'vnanimer à ta noble figure,
Quelque corpz excellent, de Royale texture :
Eſgale ton obiject, propre à tes fermetés :
En qui l'alme nature, ait loge ſes beautes,
Phebus l'or de ſes crins, l'aube ſon front candide,
L'air l'azur de ſes yeux, Hebé ſa roſe humide
Aux plis incarnadins de ſa bouche de miel,
Inſpiré d'vn eſprit, de plus almes du Ciel.

Pour comm' vne foy vifue', aux oeuures fe voit eftre,
L'ouurier à fa befogne, Artifte recognoiftre,
Les humeurs aux propos, les amys aux fecours,
Prattiquer vn effect, plus que mille difcours.
Et come les couleurs, à leur contre elucident,
Et les difficultés aux preuues fe decident :
Benigne orienter telles perfections,
Par quelque belle Aftrée, à tes conceptions,
Loyale a ton deuoir, qui propre te feconde.

Mais ou puis ie treuuer, ta pareilhe en ce monde,
Entre les Mageftes, de ce fiecle d'argil?
Ou l'vne plus que l'autre, en leur fexe fragil,
Du plus ambitieux, don la rouge apoftume,
De foif, d'or, & de fang, pourrit loix, & couftume,
Armes, races, & meurs; & de contagion
Infecte en touttes pars, ordre, & religion,
Par les incenfementz du charme & des paroles,
Dont leurs Flamines-vains parfument leur idoles.

Certes, appres auoir contemple curieux,
Ces Eftatz coronés; fans blafmer aucun deux,
Ne blazoner les murs, des terreftres fuprefmes :
Ie ne treuue aux fleurons, de toutz ces diademes,
Perle de plus bell' eau, Emeraude voyant,
Efcarboucle plus clere', en luftre flamboyant,

Hyacinthe plus nette', Agathe plus exquise,
Pour te constantier, qune seule LOYSE.

LOYSE plus loyale, aux Royales vertus,
LOYSE plus prudente, aux des astres ardus,
LÒYSE plus perfecte, entre les Heroiques,
Plus clere entre les noms des illustres Antiques;
Comme elle fust eslue au terme de ce choix,
D'heur, d'amour, & dhoneur, d'vn grand Roy des Frãcois
Pour compagne d'vn lict, d'vne gloire, d'vn sceptre,
Dvn souhet, d'vn vouloir, dun regne & d'une dextre,
Espouse à luy sacree, en triomphes succeintz.

Ou bien qu'en ses ayeux, conque reue terre-saincz
Princes Austraziens; ses bizayeules sainctes,
Et des posterieures, hardys à touttes pointes,
Lorreins, & guiziens, de cueur, & tige franc:
Ne fust son elegance indigne de ce renc,
Ou ce graue Monarque', ayant l'ame saisie.
De ses rares beautes, l'auoir Royne choisie.

Cet honeur de plusieurs, requis & pretendu,
N'estoit d'vne LOYSE, en espoir attendu:
Non plus que d'vne Ester fironé d'Assuere.
Pour n'estre sa nature, enuieuse de gloire,
Beaute à la fortune, aspre à la royauté.

Mais, des qu'au gré des siens ell' eut en Magesté,
Des trois lys sur le chef, la corone receue,
Sans s'en oultre cuyder, ou prendre pour sangsue,
De tout ce qui se peut, attendre de certain,
Ce regne pour aquest, ce sceptre pour butin,
E de ses dignites la somme pour rapine :
Douce s'humiliant, d'vne sorte benigne,
Des reliquefaueurs, que son grade royal,
Luy distiloit des mains, d'vn Roy si liberal,
Entre les or-semés des larges d'vn Laoure,
Ell' employait au soin, de la cause du paure :
Aux pleintes de la vefue, au cry de l'orfelin.
Bref tout ce que iadis d'vn traffiq? sublin,
Celles de ce degré, deuidoient en delices,
Esclatoyent en bobaus, fondoyent en artifices,
Conceuoient en desseins, enfantoient en discors,
Pour contrebalancer les foibles, aux plus fortz,
Affin d'entreregner, au son de ces tumultes :
Cette Reyne reduiéte, au restes des insultes
De ceux que l'arrogancē auoit trop herissés,
Appliquoit ses moyens au sein des oppressés,
Son credit au secours, du peuple qui s'escrie,
Son zelle au seul dezir, du bien de la patrie,
Ses prieres a Dieu, son courage à sa loy,
Son loyzir, au labeur, d'instruire à cette foy
Discours, gestes, & meurs, de ces filhes d'eslite.

Si que parmy le ſoin de ſa veſtale ſuyte,
Cette Reine aſſignoit, ces offices au iour :
Reine que les vapeurs, dun' Automne de Cour,
Les printems des abus, l'eſte d'hipocrizie,
Lhiuer pris au ſubijeẛ, dun froid de ialouzie ;
Les trauerſes des Norts Auſtres ſur-eleués,
Eclers contagieux, tonnerres deſpraües,
Dou la greſle ſe vit, ſur les ſiens eſtendue,
Ne la ſçeurent mouuoir, de ſa Conſtance due.

Mais ô Ciel, mais ô Dieu, de quel ſtyle reſtrein,
Ou de quel diamant, pour plus aigre burin,
Doy ie' en grauer au dos, du plus rude porphire,
Ce qu' aux poſterieurs, ie deſire deſcrire ?
De quel plus amer, ou plus atre liqueur,
Pourroy ie parrapher, ce qui m'enſle le cueur,
Sans offenſſer ma Reyne, ou coulpable me rendre,
Vers ſon Ageſilas & ſans nuyre à Lyzandre ?

Doy ie par vne creinte en chiffre figurer,
Ou peindre en hierogliffe, affin de laſſeurer,
Qu au cours de ce diuorce, (eſt il cueur qui le croye)
LOYSE a plus ſouffert, que l'Ecube de Troye !
Fuſt ce à lextreſme iour, de ſon Illion pris,
De ſon mary tué, de ſes enfans meurtrys,
Et de ſa ville eſteinte' au feu de Grecques armes.

Ou ma Reyne au deſtroiɕt d'inteſtines alarmes,
Du trouble viſceral, ne receut aux en-uis,
Que des ſiens, pour les ſiens, ces funeſtes ennuys.
Mais ſi l'esbauchement, de ces tragiques fautes,
Repoſé au preſcient, des eſſences plus hautes :
Et que Dieu pour verſſer, l'eſchele à l'atentat,
Euoque à cet huys clos, de ſon conſeil d'eſtat,
Des princes, & des Roys, les imploiables cauſes :
Qui eſt laudacieux, qui de ces lettres cloſes,
Preſume dentr' ouurir, les cachetz affigés ?
Ou qui de cognoiſſance, interdiɕte aux ſubieɕtz,
Oſe re-cenſurer, l'inſtance primitiue,
D'ou Dieu ſeul preſident, Iuge en deffinitiue !

Mais du quel, de ces troys, ou de cent mil occis,
Ait le tort, ou le droiɕt, le laiſſant indécis,
Au ſupreſme bureau, de la Cour ſouuereine :
Ie reuiens aux doleurs que ſouffrit cette Reyne,
Soit au meſpris frequent, des ſcintilles du feu,
Des ſiens armes-leues, d'vn Paris toût eſmeu,
D'vn deſpart de ſon Roy, d'vne paix re-ſarcye,
Ou trefue palliee, a la ſuperficie,
Dou ſortirent enfin ces ſiniſtres effeɕtz.
Soit de ces prince-pris, maſſacrés, & deffaicz
Cadaures diſparus, priués de ſepulture,
Incroyable regret, du ſang, & de nature,

Silz se virent punis, pour leurs crimes recens ;
Incroyable regret, silz meurent innocens,
De tant pour leur pitié, qu'en ce quell' aprehende,
La frayeur de lexcés, que ce meurtre commande.

Leur esclandre saigneux a vulgaire courant,
Ne fust plustost esmeu, qu'vn plus graue torrent,
De cent reuulssions, de mille neuues brigues,
De cent diuersités, d'vnions, & de ligues,
Fist sentir au reflux de son cours escumant,
D'vn regne diuise le fatal mouuement.
Et comm' vn lourd effort qui fausse la chiuille,
Enfracteur, met les os, des membres en esquilhe :
Alors que soubz le tiers, des deux freres tués,
Du residu des siens, proscrits, & desnués ;
De tant de peuple meus, de zelle, ou de pretexte,
Conclus de se venger, ou de perdre ce Reste.

Lors quaux diuisions, vn checun se dissoud
Du fief de ce deuoir, & ferme s'en abrout
Si lors quau sur-instant, villes se refermerent
Peuple, Iustice, Clerge, & Noblesses armerent,
Et que lestat prit coup, du feste, au fondement :
Ell'eut de ce douloir quelque iuste argument,
Sa Constance royale, ouuerte à son refuge,
En est de conference, vn veritable iuge.

Si les diſcutions, des troubles ſuſcités,
Les meurtres par les champs, le maſſacre aux cites
Harpes a touttes mains, & ſoubz cette bruyne,
Ce tout, qui ſe dement, du troſne à ſa ruyne.
La corone ſans fleur, le ſceptre fleſtriſſant,
Le lys demy-fané, & lordre periſſant;
Au reproche couuert, que leſmeute plebee,
Auoit aux mains des ſiens, cette guerre enflambee
Luy forgeoient aux rapportz, de nouuelle fureur,
A chaſqu'heure du iour, vne neuſue terreur:
Cette meſme vertu, ſur qui ferme ſe treuue,
Sa prudence héroique, en fiſt loyale preuue.
Mais ſi lors qu'aux bouilhons, de ce trouble hume ſang
Ou de ceux de l'Eſtat, nul ſe peut dire franc,
De crime, ou de remordz: vne LOYSE exempte,
De mal, & de ſoupceon, ſeule entr'eux innocente,
Deſira de ſe voir, pour la re-vnion,
De partialités, à ſa deuotion;
Comm' aux Grecz pour la guerre, Iphigene s'applique
Par les ſiens immolée, hoſtie pacifique:
On ne doute que lors, ſa douce Mageſté,
N'euſt ſuiuy franchement, la filhe de Iepté:
Pour ſans coulpe mourant, expier au centuple
Les offenſſes des ſiens, & les pechez du peuple.

Mais le tout-ſouuerein qui veut mizericors,

Lolocauste du cueur & non celui du corpz :
Pour se la reseruer à plus aigre suplice,
Qu'vne mort, ne luy eust faict, pour le sacrifice,
Et en tirer dessay final experiment :
Des lors ayant permis, par secret iugement,
Qu'à lheure que son Roy, d'vne plus forte armee
Auoit demy vainqueur, Lutece refermee,
Et la tenoit vengeur, le glaiue sur les chefz
De ses esmotions ; qu'aux misteres cachetz,
De loculte influent, quelque astre regicide,
De leffroyable iour, du tournoy parizide
Regnant sur le tymon, des monarques Valoys :
Ou soit que comm' vn peuple, est puny pour ses Roys
Patit pour leur delyre, aux honeurs quon leur offre :
Le Roy le plus souuent, pour tout son peuple souffre,
Comme le pastre est pris, pour lexces de ses beufz
LEuesque pour lEglise ou voguent les abus,
Et le chef pour rançon, de ses troupes en route :
Et lestoc impreueu, du quel on ne se doute
Luy fist sentir lhorreur de son Mary blessé :

Si de ce mesme fer, son cueur fust re-perssé
Ses sentimens perclus, sa Constance frappée,
Ce m'en remetz d'exemple, à celle de Pompee,
Et si le coup affreux, de ce meurtre soudain,
Luy plongea de douleur, cent cousteaus dans le sein.

Cent flefches en lefprit, cent fagettes en l'ame.

Ie m'en rapporte au cueur, de toutt' honefte Dame,
Dont lhumeur fympathic, & l'amour coniugal,
Peut cherir fon efpoux, d'vn zelle auffi loyal,
D'auffi chafte amityé d'amour auffy extréme,
Que celle d'ou LOYSE aymoit fon HENRY mefme.

Reynes qui l'aués fceu, Princeffes qui l'oyés,
Approchés de pitié, cognoiffés & voyés,
Au deuil de cette vefue & Reyne defplorable
Si trifteffe fe treuue a la fienne femblable.

Si aube fombre a l'oeil, iour trouble, obfcure nuicz
Peuuent euaporer, de plus rudes ennuys :
Si pleyades en pleurs, fluent en plus d'alarmes,
Si Faune pert les yeux de plus efpoifes larmes :
Si le fein d'Adriane, encloze entre les flotz,
Bondit de plus dhorreur, boult de plus de fanglotz
Et fi à moins d'efpoir, de fen voir relachee,
Se peut pleindre au rocher, Andromede attachee
Pour aux perplexités de ce mal violent,
Ne voir focieté, qui l'ailhe confolant,
Oeil qui pleure en fon doeil, cueur qui faigne en fa playe
Main qui trempe au fecours, du peril, quelle fraye.

Et comme fi le coup ne fuft affés mortel,

Sans laigrir en vlcere', à faute d'appareil :
Voyés que la fortune, ingrate à telles œuures,
Luy laiſſe l'vmbre aux yeux, la larme entre les leùres,
Le ſouſpir à la gorge, & la langue aux aboys :
Preſte a finir ſa vie, & ſa plainte à la fois,
Dans vn meſme cercueil, ſans l'alme tolerance
Que Dieu reſpire aux cueurz de ſon experience :
Pour les rendre a ces coups, qui les ont macerés,
En leurs afflictions, plus fermes-acerés :
Et ſayre d'vne Reyne', en cette perſiſtence,
Vne eſtoyle dexemple, vn aſtre de Conſtance.

Si quentre le friſſons, & lardeur de laccés,
Au lieu de tant d'amys, perfides, relaxés :
Ce Dieu qui prend en main, la cauſe, & la vindicte,
De veſues en pupilz, que le monde luy quitte :
Pour la reconſoler des pertes de ſes Roys,
Luy offre pittoyable, vn ſceptre de ſa croix,
Ses fers pour le carquant, pour troſne ſa colonne,
Ses trois clous pour ioyaux, ſes ronzes pour corone
Sa mort pour oriflam, pour pourpre ſon vray ſang,
Pour vental entre mains, ſa lance perce flanc,
Soymeſme pour eſpoux, & leſpoir de ſa gloire
Entre ſes Angelins pour plus riche douaire
Recompenſe equitable a tant de loyauté,
Ornement eternel de neuſue Royauté :

Ou luſtre ne s'eſteint, ou l'eſmail ne ſe rouilhe,
Ou trezor ne craſſit, & parure ne ſouilhe,
Au dezir limoneux, de ces neceſſités.

Ainſi Princeſſe eſluë aux celeſtes cités,
Par le merite exquis de ſa ſeule Conſtance :
Sans faire plus d'eſtat, de lhumaine importance
De pompes, & dhoneurs, ores que cette mort
Luy a raui ſi toſt, tous ceux qu'ell' ayme encor.
Elle va reijeƈtant, ces reliques de ſceptres.

Arriere donc (o vous) folles Reynes terreſtres
Qui de louche inconſtance, aux rages de vos dens,
Pour ne pouuoir ſubir, les moindres accidens,
Que ſouffre vne LOYSE, amantes eſgarees,
Vous tués ſans mercy, ames deſeſperees.
Guuilde qui ſe plonge, aux piedz d'un mary mort,
Porcie qui ſe brule, aux charbons quelle mord,
Monyme qui ne peut, pour ſeſtrangler ſoy meſme,
Se defaire, ou ſauuer, aux plis d'vn diademe.

Arrier' vmbres de feu, impudiques brandons,
Phedres, Tisbes, Philis, Ylonomès, Didons,
Eſpritz voluptueux, larues amepourries,
Cueurs Iphianaſſins, Lyſipides furies :
Qui derreur outrageux en vos impietés,

Vous froiſſés au trépas : Arrier cueurs, deſpités
Naprochés les flambeaux de voſtre frenezie,
Dun Aediſſe Royale, ou Francoiſe Aedezié.
Qui deſpuis cette mort, du Roy, qu'elle perdit,
Pour en Dieu ſe reſoudre, ainſy q'une ludith,
Reduiĉte ſimplement en ſa loge ſecrette, -
- Au clos d'un Chenonceau, fiſt ſa ſainte retraiĉte,
Entre vn choix excellent dé ces filhes dhonneur.
La tous les iours aux cieux, ell' immole ſon cueur,
Ell' incline ſon chef, Ell' erige ſon ame,
Aux ſacre effuzions, d'vn odorante flame,
Qui purge ſes eſpris, de ſes terreſtrites.
Leans miſe à leſcard de ces hoſtilités,
Des ruynes du peuple, ou la guerre collude :
Sans regard du meſpris, de noſtre ingratitude,
O Reyne que i'honore en treshumbles reſpecz
Vous ne ceſſes encor, de prier pour la paix,
Pour le Roy, pour la Foy, pour l'apuy de l'Egliſe,
A la re-vnion de ce qui nous diuiſe.
Dou ie ſuis en eſpoir que Dieu qui vous entend,
Et faiĉt de voſtre exemple, vn modelle conſtant
Appres tant de malheurs, de ciuile ſouffrance,
Le dourra par vos mains, à ce reſte dé France.

EMBLEMES DE CONSTANCE.

La Tourtre falabre mort, pleint sa compagne esteinte
Fuyant tout autre pair, Enroue ses regretz.
O veufue plus constante, est il cueur en ses tretz,
Quil ne pleure aux soupirs d'une si douce pleinte.

La palme qui roidict aux balances du faix,
Ne se veult esleuer pour ces pl   eufes pennes.
Qui fest patir les maux des mizeres humaines,
Ne se doit abuter aux prosperes effetz.

De trois fermes vertus au chef arme-tymbré,
Est le secret dessein d'une diue Constance :
Au vaze est le recueil de sa perseuerance,
Ses resolutions, en ce pilier mabré.

Phenix ange du Ciel, idée des beautes
Qui sans paie en ce monde ardz affin de renaistre,
Est il cueur si constant, en ces calamites
Ou la vertu finit qui simmole pour estre,

Ce cueur flame-brulant en ces spheres de glace,
Faict voir aux alteres damoureuse poison ;
Comm' en ces passions la celeste raison
Refroidit les bouilhons, de leur gloute salace.

Le sceptre du Roy sainct, aylé d'un luste zelle,
Quitte les Magestés, des terrestres Estatz.
Pour maugré les vapeurs des eguaues brouilhas,
Obtenir dans les Cieux, la coronne eternelle.

Le conſtant reſolu aux fortunes aduerſſes,
Quoy que lenuie eſſaye a le faire broucher,
Ne ſeſmeut au peril non plus que le rocher,
En mer entre les flotz, Aux vens en leurs trauerſſes.

1

Aux reuolutions ou fortune ſe loue,
De leſtat des humains, caduque chancelant ;
L'encre de ferme eſpoir, en vn cueur excelent,
Arreſte ſes erreurs, ſes voile & ſa roue,

2

Au royal fondement de trois viues vertus,
Ce triangle excellent diaphane d'exemples :
Eſtoile ſa hauteur, en miſteres ardus,
Corone le ſolide & aſſeure les trembles.

3

Le laurier touiou-vert d'un tige renaiſſant ;
Voyant de ces harnoys ces branches eſchauffees :
Abhomine le ſang, & iette ces trophees,
Pour ſeriger au Ciel d'un eſpoir innocent.

4

De ce palais doré, l'humble voute' est de reste,
L'orgueil ruyne ainsi, lhumilité soustient ;
Cest pour quoy nostre Eglise ainsi ferme se tient,
Car tant plus on l'aflige & plus ell' a de texte.

5

Ce terme à double front qui sans jambes ne mains,
Instruict des maux eaßes preuoit lire future :
Est mis pour sentinelle au front de l'auenture.
Pour le ferme salut, des celestes humains.